半人马

余涛 著

中国言实出版社

图书在版编目（CIP）数据

半人马 / 余涛著 . -- 北京：中国言实出版社，
2023.9
ISBN 978-7-5171-4533-2

Ⅰ.①半… Ⅱ.①余… Ⅲ.①小说集－中国－当代
Ⅳ.① I247

中国国家版本馆 CIP 数据核字 (2023) 第 120539 号

半人马

责任编辑：薛　磊
责任校对：李　岩

出版发行：中国言实出版社
　　　　　地　　址：北京市朝阳区北苑路180号加利大厦5号楼105室
　　　　　邮　　编：100101
　　　　　编辑部：北京市海淀区花园路6号院B座6层
　　　　　邮　　编：100088
　　　　　电　　话：010-64924853（总编室）　010-64924716（发行部）
　　　　　网　　址：www.zgyscbs.cn　电子邮箱：zgyscbs@263.net

经　　销：新华书店
印　　刷：成都市兴雅致印务有限责任公司
版　　次：2023年9月第1版　　2023年9月第1次印刷
规　　格：880毫米×1230毫米　1/32　6印张
字　　数：157千字

定　　价：65.00元
书　　号：ISBN 978-7-5171-4533-2

目 录
CONTENTS

半人马

一九九八年冬天，我在环城二中上晚自修课，听到走廊上有人尖叫说看见了飞碟，所有人鱼贯而出。我们仰着头对着漆黑的夜空四处张望，除了几颗闪烁的星星外什么也没看见。一个带着鼻音的人说，飞碟是光速运行，早走了。大家将目光投向一个披着军大衣、嘴唇上方留着稀疏胡须的家伙。他叫刘丁洋，来自高一（2）班。

环城二中围墙内全是无心向学的家伙。那时，我对外面的世界不感兴趣，沉迷于武侠小说，从金庸看到古龙又看到黄易。我们是学渣，但在取绰号上却体现了充分的聪明才智，将班级以人物命名。班上有个能歌善舞、长相像俄罗斯人的女孩叫米娜，我们就叫那个班为米娜班。还有个刘丁洋班。刘丁洋神神叨叨，他常穿着一件脏得像柏油中浸过的军大衣，神色凝重地从走廊里走过，他说正在研究《相对论》。我们在谈论他时都洋溢着欢快的气氛。

高二文理分班。我和刘丁洋分到同一个班，他坐在我前边。他的穿着令我震惊，他粗壮的双腿套了一条棉毛裤，裤子的线头从裤裆处挂出来，随着他的步伐四处飘荡。上课时，他回过头一脸严肃对我说："地球人，我来自半人马座的 a 星球，能量耗尽在此迫降。"我说："幸会幸会。"他吸了下鼻涕，塞给我一个类似线圈的玩意，说是见面礼，像是从什么航模玩具上拆下的。

学校门口有个书屋，押十元钱可以借一本书，放学后我都会去借书看。有一次，我从书架上抽出一本《寻秦记》，看见刘丁洋正捧着一本《时间简史》。他抬头看见我，憨憨一笑。我说："阁下装逼早有所闻，今日一见，果真名不虚传。"他说："虚名在外，实属无奈。"

我们的物理老师姓舒，额头窄，眉骨高，嘴唇厚实，有点像猿人。他全身上下释放着愤世嫉俗的气息。他说人人都想升官发财，不做实事，社会恐离崩溃不远。他还经常透露校长方金标才是学校学风每况愈下的原因。舒老师的口头禅是"你们是最难教的一批学生"。每当听到如此不堪的评价，我们都十分惭愧。后来得知他对每个班都说一样的话，我们就变得肆无忌惮，翻开桌盖，打起扑克，或者睡觉。

有一次，舒老师在黑板上写了一个 T，说，这是时间，等于距离 S 除以速度 V。我们一群人打着哈欠，舒老师拿起教鞭敲黑板，我们从敲击声中感受到他的不悦，纷纷抬起头。唯独刘丁洋抠着鼻屎继续翻《时间简史》，舒老师大步流星地走到他身边，吓得他手中的书掉落在地上。舒老师问："刚才说到哪了？"刘丁洋从惊慌失措中缓过神来，一脸茫然。舒老师晃动着教鞭，说："告诉我什么是 T？"刘丁洋说："时间？"舒老师高高地举起了教鞭。刘丁洋说："时间是虚构的概念。"舒老师瞪着眼，教鞭朝刘丁洋挥去。刘丁洋接住教鞭，我们目瞪口呆。他说："熵的递增产生时间。"舒老师说："什么是熵？"刘丁洋说："从有序到无序就是熵增，骑车是熵增，打学生是熵增，能量走向离散就是熵增。"我看见舒老师眼神中闪烁出些许惊异，他将《时间简史》收上讲台，说："以后再看课外书，就叫家长来学校。"

我们知道，老师让家长来学校大多是吓唬人的把戏。我们还知道刘丁洋的家长不会来学校，因为他只有一个失聪的奶奶。在闲聊中，刘丁洋说他中考有两门没考。对此，我们十分不满，他的言论仿佛在嘲笑我们的愚蠢，他三门课的成绩和我们五门差不多，我们十分期待有人戳破他的谎言。

在另一次课上，舒老师要同学回答原子的问题。我们打开书本，在一个章节中找到了原子是世界最小微粒的表述。舒老师显然要刘丁洋难堪，说："这位同学看得这么认真，请告诉我什么是物质最小微粒？"他把刘丁洋叫上讲台，刘丁洋在黑板前站立许久，拿起了一支粉笔，弯弯扭扭地写了几个字。字写得很大，奇丑。我们仔细辨认，应该是几个字母。舒老师问写的是什么。刘丁洋说："是 $E=MC^2$，物质和能量可以互相转换，本源就是虚无。"舒老师脸上明暗不定，继续问："你说怎么产生物质的？"刘丁洋拿起粉笔在黑板上画了一个巨大的圆，中间又涂了个实心圆。同学们沉默一会儿，哈哈大笑起来，因为这像一只乳房。舒老师脸上漾出一丝笑意，说："请解释下。"刘丁洋说："恒星。"舒老师问："为什么要画恒星？"刘丁洋说："大部分物质都来源于恒星，桌子、铅笔、尺子都来自恒星内部的核聚变。万物流转，或许你身上的碳原子此前出现在日月星辰，此后就是粪便的一部分。"出乎我们的意料，舒老师没有发飙，他点点头，让刘丁洋回到座位坐下。

我不懂，虽觉得刘丁洋说得十分离奇，但应该也有几分道理。这件事后，我开始抄袭刘丁洋的作业。他做作业时眉头紧蹙，嘴角咬着的水笔已经开裂，口水从笔上流淌下来，在作业纸上晕染开，有思路时他奋笔疾书，快速地写下解题过程。我花了很大的力气才认熟他那龙飞凤舞的字迹。我抄完后，作业又成为别人抄袭的对象。为了表示感谢，他去借书时，我们纷纷为他支付押金与租金。

我是来到刘丁洋家中才了解到他的不幸的。他和奶奶住在老城区的四合院的一间木屋中。院子中间是一个洗手池，周围有几盆营养不良的月季，墙上密布着三十多只电表。电线凌乱，在墙上来回穿梭，像蜘蛛网。正对门的墙上贴着脏兮兮的奖状，中间有一幅遗像，是个精瘦、脸上纹路很深的男人，开始以为是他爷爷，他却说是他爸。他爸原本是工厂里的电工，据说是个聪明绝顶的家伙，会写诗，会修理三相异步电动机。二十世纪七十年代初，写的东西被人搜出说是帝修余孽，开除出厂后给人维修电机设备。一九九七年，他爸在一家养殖场修理排水泵时触电，全身冒烟才被一个农民发现。那一天刘丁洋中考，考了一半赶往医院，人已救不活了，因此只考了三门。刘丁洋和奶奶靠着亲戚接济生活，他奶奶总是面无表情地坐在门口一张板凳上发呆，像一尊石像。要凑近她的耳朵大声说话，她才会如梦初醒似的回过神来。

刘丁洋有一辆自行车，据说是隔壁租客送给他的，他将铜丝绕在一块磁铁上，一头装灯泡，一头装齿轮，固定在自行车的前叉上。随着轮子的转动，灯泡发出忽明忽暗的亮光。有几次他骑得太快，把灯泡烧毁了，于是换了一个功率更大的灯泡。他十分得意自己的发明，还编了一个填满数字的表格，是关于车速和功率之间的关系。他提议要将这个装置送给我，我婉拒了他的好意，因为我觉得这个玩意除了吸引眼球，一无所用。

刘丁洋虽然在课上没有正确回答舒老师的问题，却给舒老师留下了深刻的印象，他流露出少有的爱才之情，经常在班上表扬刘丁洋，说他是自己"教过的最有天赋的学生"。舒老师很少称赞人，这使表扬弥足珍贵。他们时常肩并肩，打着手势探讨物理问题，模样就像父子。这时，刘丁洋享受着别人没有的特权，他经常大摇大摆走进教研室，大声叫"老舒"，还帮助舒老师批改试卷，令我们羡慕不已。舒老师建议刘丁洋去参加物理奥林匹克竞赛，并给了他一本题集，让他多做题，拿了名次可以去香港读书。那时候，我们对香港充满神往，觉得那是一个遍地高楼大厦、人人潇洒时髦的地方，我们觉得他去香港后就能和"四大天王"建立起更紧密的联系。刘丁洋听后十分激动，说："家里没钱怎么办？"舒老师说："有奖学金。"刘丁洋说："要靠关系吗？"舒老师说："不要。"在舒老师鼓励下，刘丁洋居然认真地准备起奥赛，在教室一坐就是一晚上。那一年杨思敏主演的《金瓶梅》在学校外录像厅放映，我们唾沫横飞地聊着观影体会，即便如此，也不能吸引他的注意。

那时，荷尔蒙在我们的血管中横冲直撞。尽管自己想起一个女生，也会抑制不住冲动。那个女生就是米娜，领操时，她黑色的健美裤常常聚焦着我们的目光，优美的仪态步伐就像草原上闲庭信步的长颈鹿。她常常骑着一辆红色的山地车从我们边上疾驰而过。班上的男生大多对她都表现出深深的迷恋，认为她比很多电视里的明星好看。

我曾鼓起勇气给米娜写过一封信，内容代表着当时我最高的文学水平，信里弥漫着刻意营造的伤感。我最得意的一句是"怀念你柔情似水的眼睛，是我天空最美丽的星星"，这是从歌词中抄来的，写完后觉得字丑，又认真抄了一遍。

虽然米娜坐在我后排，我还是将信塞进信封，贴上邮票寄出去。我设想两天后的上午这封信将出现在收发室，中午她将收到信，我猜想她拆开信会被文采而打动。如果发展顺利，我们会开始第一次约会，我早早地筹划了下一步行动，约会地点将是全市第一家营业的肯德基。尽管我从没有吃过那东西，但我道听途说女生都爱吃。我做了详细的功课，想好了该给她点什么，是玉米、牛奶和深海鳕鱼堡。为此，我连续两周没吃晚饭，省下的钱作为约会吃饭与坐公交车的费用。

事情的发展出乎我的意料。信最终来到了班主任曹巧巧手上。她善于笔迹比对，每次翻出垃圾篓中的情书都会显得激动不已，模仿侦探已成为这个四十岁女人的唯一乐趣。她在课上拿着我的信，像扇子似的晃了晃，以对待阶级敌人似的口吻说："有些同学不好好学习，整天胡思乱想，还要影响别的同学。"说完她双眼直视着我，而我趴在桌子上，在假装睡觉。

我推测，曹巧巧一定在米娜收到前就将信截获了。因为有好几次，我和米娜在走廊上擦肩而过，她的目光没在我身上逗留。她和几个男同学在教室愉快地谈论香港电影，我想引起她的注意，于是笑得格外响亮，她从头到尾都没和我说话。

我对初恋幻灭的同时，刘丁洋也放弃了奥赛。起因是学校在乡镇建立了一所分校，方金标对舒老师直言不讳的作风早有不满，于是借此机会将舒老师送到了一百公里远的乡下。多年之后，我才明白，我们打群架是没事找事的宣泄，而官场斗争却是机关算尽，处处惊险。方金标提出"全面提升成绩"计划，他说要"力往一处来，劲往一处使""三个月一小步，半年一大步"，力争会考成绩取得突破。我对这种计划不抱希望，因为这些只不过是一些文字游戏。舒老师是唯一有教学热情的老师，剩下的全是一群马屁精。

在高中最后一个学期，我常翘课出去玩《拳皇》。我唯一的愿望就是早点离开这个鬼地方。我一次买上五十个币子，一玩就是一下午。那天，我们玩完游戏，撞见了刘丁洋，他神秘兮兮地让我和他回家。他从抽屉中拿出一堆铜丝和带着针脚的二极管，还有个一次性纸杯，他将铜丝绕在一根木棍上，还拿出一节5号电池，在几个二极管上接来连去。他接通电源，丢给我连着电线的纸杯，说："听听。"我说："啥也没听见。"他拨动铝片，我隐约听见了微弱的音乐，这很不寻常，我以为是幻听，屏住呼吸，又听见了操着闽南口音的中年妇女的说话声，我惊呆了，他像魔法师似的凭空弄出了声音。我问："怎么回事？"他说："这是银河系无线电波传感器。"我问："什么原理？"他说："电生磁，磁生电，我收到了a星人的信号。"我问："a星人怎么说？"他说，正在寻找他。我问："你回答了吗？"他说："我回答这里很好，世界和平。"我问："他们怎么说？"他说："你傻啊，a星人距离地球四光年，要四年后才能收到。"

每次我和刘丁洋聊起半人马座 a 星时，他煞有介事的表情都使我觉得他真的来自遥远的星球。他从不介意别人的看法，随着下巴的胡须越来越茂盛，他做题时从咬笔杆转变为了搓胡须，他来回将一根胡须搓成麻花，眼睛闭上，猛地一拔，脸上浮现出陶醉的神情。

那时，刘丁洋的成绩直接影响了我们班的成绩，他若考出了九十五分，班里的分数大多都能达到九十分以上，我们故意抄错几题，就不会成为雷同卷。若是刘丁洋那天拉肚子没参加考试，我们的成绩就肯定不及格。他毫无疑问成为我们班的救世英雄，就像电影《蜘蛛人》一样，一只蜘蛛拯救了全人类。

当我逐渐忘了米娜时，她却主动和我说起话来。那是一个明亮的早晨，阳光躲在树影间时隐时现。我和她分在同一组在操场上扫包干区，她站在远处一棵树下来回走动，我拿着扫把将落叶扫到墙脚时，发现了一些蜷缩的虫子。她忽然站在了我的面前，我很惊讶，风吹动她的刘海，她露出迷人的微笑。她说："刘丁洋会给你答案吧？"我点点头。她说："能传我一份吗？"我说："可以。"她伸出小手指头弯了弯，说："拉钩。"我感到她的手凉凉的。

刘丁洋在我们看来是聪明绝顶的，我常常得意自己是他最好的朋友，因为我可以将他的字条转给别人，我扮演起中介的角色。但是好景不长，我和刘丁洋发生了严重的争执，激烈程度如同那一年报纸争论是否要加入世界贸易组织。

事情的经过是我发现米娜的红色自行车前叉上装着一个发电的齿轮，这和刘丁洋给我展示的那个装置一模一样。我立刻明白发生了什么，我怒气冲冲地在走廊上等候。下午上课前，刘丁洋和米娜一前一后走了过来，刘丁洋满脸通红，米娜一脸轻松。我简直怒不可遏，气得想打架，揪住刘丁洋的领子，说："我的女人你也敢碰?"刘丁洋瞪大眼说:"米娜是你的女人了?"我想了想说:"暂时还不是。"我问他:"你们到哪个阶段了?"他说:"摸了下手。"我说:"禽兽。"他说:"是她主动的。"我大吼:"绝交!你们这对狗男女真恶心。"

那个下午,我独自跑到学校外边游荡,在一个便利店买了一罐啤酒,坐在公园的草坪上学着大人的模样一饮而尽。我昏昏沉沉地睡着了,阳光洒在脸上,我感觉自己飞了起来,穿过云雾时,电闪雷鸣,有许多蜻蜓成群地飞过,我甚至感到蜻蜓飞进了我的校服内还拍动着翅膀。忽然我感到艳阳高照,我来到了半人马座a星,俯瞰大地,牧场舒缓起伏,牛羊自由自在地低头吃草,闪闪发亮的河水蜿蜒伸向远方。当我醒来时,天色已黑,四周一片寂静。

方金标全面提高教学质量的计划最终沦为空谈。在临近会考时,他站在校长室门口看着面目可憎的我们,面无表情。教务主任在他耳边说话,手像勺子似的捂着嘴,像在商量什么。他偶尔点点头,表示认可。

两天后,教务主任精心布置了考场,他让刘丁洋坐在了第三排的中央。还将多余的座椅放在教室墙边,拉近了我们窥视的距离。这时我才明白"力往一处来,劲往一处使"的意思。同时,教务主任转交给刘丁洋一只诺基亚3210,这是一台银灰色塑料外壳手机,开机时会响起一段动听的彩铃,黑白屏中两只手互相拉在了一起。千禧之年,这台手机在我们看来如此高级,电视中不断播放着一段广告,一个男人挥舞着双臂愉快地从高楼跳下,下边字幕是"生活无所不能"。毫无疑问,这次我们将考出历史性的高分,我们将顺利毕业,方金标也能实现目标去教育局任职,这喜闻乐见的情景是大多数香港电影的结局。

考试那天,我满怀着对结束高中生活的向往,愉快地走进考场,过程像在表演话剧。教室前门的监考老师是个戴着眼镜的男老师，后门监考老师是个穿长裙的女老师。考试开始后，她在教室后面来回走动，高跟鞋的声响提示着她的无聊。当考试进行到十分钟时，两人忍不住在门外聊起天来，从学校八卦聊到工资待遇。他们的牢骚仿佛承担了科索沃难民的所有苦难。当戴着红袖套的巡考老师经过时，他们装模作样地走进教室来看看装模作样的我们。

选择题是我唯一知道如何填写的题目，因此巡考老师走过时，我就对着最初的几道选择题苦思冥想。整个考场只有刘丁洋在奋笔疾书，他每过几分钟唰地翻一页，不到半个小时，我听见他放下笔的声音，我用余光瞄见他站起来了，丢给了我一张小字条。我压在胳膊肘下，打开了字条，上边写着：

"地球人！慢慢享用！"

我的笔唰唰地在试卷上写着，高中的生活就像笔尖疾驰而过。我想起了刘丁洋，又想起了米娜，还想起了舒老师。想到即将离开学校，我愉快地想笑。我决定考试完后去小卖部买上薯片和汽水和刘丁洋去玩《拳皇》。

交了试卷，我走出教室，四处寻找刘丁洋。在我记忆中，他考完试都会站在花坛边，双手插在口袋里，得意扬扬，可是这次我却没有看见他。我问了几个考完的同学都没看见他。我看见教务室门口围着一群人，我挤上前，看见刘丁洋坐在一张板凳上低着头。巡考老师对另一个老师说："抓住一个作弊的，这小子躲在树下发答案呢。"

"这是高科技作弊，很有代表性。"巡考老师拿出诺基亚晃了晃。

我想起了方金标，他是始作俑者。我一口气从一楼跑到五楼。校长室门开着，房间里烟雾缭绕，他和教务主任愉快地抽着烟，白墙上挂着一个精致的木匾，上面写着"德育天下"。透过烟雾，他面无表情。我说："刘丁洋被巡考抓了。"他没说话，继续抽烟。我觉得这家伙可能没听见，继续说："刘丁洋手机被收走了。"他的表情依旧十分平静，仿佛在听一件与他毫不相关的事。

我猜想他是不方便回答，于是走出门，走时他让我把门带上。我想他一定会想出办法。或许会给巡考老师塞一个信封，里边有一沓厚实的现金，就像我父亲对建设局的领导所做的那样。或许会允诺巡考老师的某个无书可读的亲戚来这里上学。总之，他会竭尽所能来解决这个问题。

事实证明，我错了，方金标什么也没做。原因是考试前两周，方金标收到了调令，他将调离学校提拔至教育局做副局长。换句话说，我们的成绩对他而言已经无关紧要。三天后，橱窗中赫然出现了一张刘丁洋考试作弊的白榜，刘丁洋被开除了。我感到刘丁洋就像是一张被人从车里扔出的餐巾纸。这让我在很长一段时间都对这些吃肉不吐骨头的家伙充满敌意。

我的父亲这些年走南闯北，有次我和他说起刘丁洋被开除的事，他说："社会本就复杂。"这让我更增加了对成人世界的怨恨。他又说："刘丁洋父母没在这事上帮忙吗？"我说："他只有一个耳聋的奶奶。"他说："这不奇怪。"

毕业后，我在家玩了半年游戏，父亲对我的游手好闲忍无可忍，让我和他一起搞土建。在二〇〇一年至二〇〇五年这段日子，我经常出差，回来就和刘丁洋见面，高中没毕业的他，换了几份工作，从网管到快递，每份工作都不超过半年。有一次我和他聊起考试的事，我说："你该和方金标那家伙算账，当官的就怕闹。"他说："不必。"我说："为什么？"他说："是我自己的选择，即使没有方金标，也会给你们传答案。"我说："你不后悔？"他耸耸肩。我问："米娜呢？"他说："分了。"我说："为什么分了？"他说："没感觉了。"我清楚这是含蓄表达米娜提出了分手。因为在一个夏日的傍晚，我见到了米娜，她已不是学生模样，这点令我十分沮丧，在我的脑海中，她永远是穿着健美裤在台上领操的形象。可惜那天她穿着很细的高跟鞋，被一个嗓门洪亮的老板搂着，我们四目相对，没有相认。

二〇〇八年，房价开始暴涨，许多不上班炒房的人都发了财。刘丁洋依然住在四合院的一间小屋中，那时他奶奶已经去世，就他一人住。我说："该把房子抵押了，在周边买一套，过个几年，倒手卖了，这和白赚一样。"他摇摇头说："那又如何？"

那段日子，我工作并不愉快，每天忙于应付各个部门的检查。到年底，我就要和父亲去和甲方结算应收款，那是令人生厌的逢场作戏。在酒桌上递烟敬酒，暗地都骂对方王八蛋。酒足饭饱后，我们就去歌厅。结束后，我们的商务车会在门口等着，将领导送去早已开好房的酒店。在车上，我们备好礼品，有时是中华香烟，有时是茅台，盒子中都夹着购物卡和蟹券。我们煞费苦心，为的是让这些家伙在款项支付单上画个名字。

有一天晚上，我喝完酒，经过四合院，进屋看刘丁洋。走进门，发现大热天他披着一件脏乎乎的灯芯绒夹克，桌子上放着一堆主板、显卡、CPU等配件。我问："你这是干什么？"他说，工厂倒闭了，他捡了一批旧电脑。他对着泛黄的屏幕敲打了几下，界面像是DOS（磁盘操作系统）。他说，NASA（美国国家航空航天局）每天都会捕获许多宇宙的无线电信号，将信号代码放在网站上，让网友来破解。我问："这能找到外星人？"他说："青霉素也是偶然间才发现的。"我问："如果真有外星人，为什么现在还没找到？"他说："灭亡了。"我重复了一遍："灭亡了？"他说："文明发展到一定时候会灭亡。"我问："为什么？"他说："宇宙中能量是有限的，文明冲突是必然的，新的文明崛起，旧的文明就会灭亡。"我问："那a星也灭亡了？"他摇摇头说，a星没有，他又强调，只有a星没有。

他随后拿出一个铁盒放地上，让我的脚踩上去。他接通电源，我居然看见了鞋子里自己树枝似的脚趾骨，我动了动，像恐怖片里的情形。我问："这是怎么弄的？"他说："用报废的X光机改装的。"他又拿出块泥土，递给我，温温的，他说冬天捂手挺好。我问："这又是什么？"他说："里边有钚元素。"我说："这东西对身体不好吧？"他说："没事。"他继续说，"去往a星，就要依靠原子能。"他拿出一支笔，又拿出张废报纸和我推算去往a星的时间，"如果人类掌握了核聚变技术，可以将飞船推进器达到光速的百分之十，一周时间到达木星，三年后能到达太阳系外围的柯伊柏带，四十年就能抵达人马座a星。"他停顿了会儿，找出草稿，说，"不对，还没考虑宇宙膨胀的因素，时间应该比预计的更长。"他抬头问我："宇宙是不是很大？"

我看着他满屋子破铜烂铁和水槽中叠起的碗筷，说："或许你该找份工作。"他说："不用。"我说："你是我见过脑子最好用的家伙，不该如此生活，可以尝试开个网店或者搞直播，胡说八道说些故事，都很挣钱。"他没有回答，仍然自顾不暇地倒腾X光机。他活在自己的世界，逐步与人群脱节，而这些结果某种程度是我们造成的，但我无法说服他。他对自己信念不容置疑，不愿活成别人眼中该有的模样。他说："人之所以不是机器，是因为可以选择自己的生活。"他又神神叨叨地说世界的本质是不可知的，外界事物都是视网膜中的幻象。

二〇一九年，我结婚了，妻子是街道窗口的办事员，我父亲对我的婚姻很满意。可我感到自己的生活将不可救药地坠向无趣的深渊。我忽然想起了刘丁洋，想邀请他来参加婚礼，可是他手机停机。在结婚前的一个夜晚，我去四合院找他，发现那里已成为一片瓦砾，广告牌上画着一个地中海风格的建筑。几辆挖掘机的镐头垂落在地，像沉睡的大象。几处断墙上画着鲜红的圆圈，里边写着"拆"字。有个赤膊的工人在水池边冲凉。我走上瓦砾堆，发现一块砖上贴着撕破的奖状，我踉跄地向前走了几步，发现了一卷铜丝和二极管，我知道这是刘丁洋的屋子。工人走过来，说："别捡了，没什么好东西了。"我说："有没见过这间房屋里的人？"他摇摇头向远处的一间灶房一指，说："那边有个箱子。"

灶房曾是四合院里的一间柴房，是租客停自行车的地方。我看见了刘丁洋的自行车。旁边有个木箱，里边放着一双皮鞋和几本破书，是《果壳中的宇宙》和《存在与虚无》。我翻了翻，书中夹着一本病例，上边的字龙飞凤舞，病例上贴着肿瘤科的标签，我辨认出，他应该多次去过医院，最近的一次是半月前。

我找到了那家医院。在肿瘤科的病房，走廊上站着三三两两的人，显得忧心忡忡。我在护士站问刘丁洋的病床，对方说已转至重症监护室。我又顺着连廊来到重症监护室。我走进房间，刘丁洋躺在床上，显得十分痛苦，他双颊凹陷，头顶上头发稀疏，身上插着管子，身躯瘦小得像个孩子。医生说他的肝脏挤满了肿瘤，腹水将内脏上移，晚上靠杜冷丁才能合眼。我握了握他的手，他睁开眼，吃力地向我看了看，又垂上眼皮，轻微地晃了晃我的手。

医生说重症室不让久留，要我出去。我看见走道边的塑料凳上坐满了人，于是来到医院的天台，点了根烟。这天月色明亮，依稀看见在群星背后是一条泛光的银河。我想起了二十年前的冬天，刘丁洋看见飞碟的那个夜晚。记忆像潮水般涌进我脑海，耳边传来学校操场的广播操音乐。倏然间，我看见一颗流星在远处划过，消失在灯火的海洋。我听见巨大的轰鸣，像是黑夜中响起的风琴声，楼面不断颤抖。我揉了揉眼睛，一架飞碟悬浮半空。

这时，刘丁洋跑上天台，他穿着条纹的病号服，大步流星的模样像在越狱。我问："你怎么跑出来了？"他说："我欲乘风归去。"他拔掉了身上的管子和针头，头顶长出浓密的黑发，凹陷的面容变得圆润。他伸出两指，在额头上做了个再见的手势跃上飞碟:"地球人,祝你过得好。"飞碟发出了地动山摇般的轰鸣。

　　我睁开双眼,周围已空无一人,一个穿着蓝色圆领手术服的医生,用力地晃动着我的肩膀,说:"你是刘丁洋家属?"我说:"他没有家属。"他问:"你和他什么关系?"我说:"朋友,唯一的一个。"他说:"和我来一下。"

复
仇

我和刘黛希是在刘军死后两个月分手的。刘军是她父亲，患了肝癌，他以为不会死，但还是死了。刘军的葬礼很隆重，许多生意上的朋友从外省赶来送他，花圈从灵堂排到停车场。哀乐响起时，刘黛希捧着刘军的遗像哭得稀里哗啦，这是我第一次见她哭。

我见过刘军几次，他来过学校，是生意人，梳着大背头，五官像中亚人。在刘黛希的眉宇间能看出他们相似的长相：挺直的鼻梁，愉快时都两眼放光。刘军请我和几个同学吃过饭，在高级餐厅吃牛排，席间一直接电话，人工费和材料费算得门儿清。吃完饭，他打电话让司机来接他，坐上一辆黑色奔驰匆匆离去。

我在"烂番茄资讯"上班，前身是国营企业。二〇〇五年改制，跻身市场大潮。近年来，在移动客户端风生水起，靠的是聪明绝顶的老板和我们几个胡编乱造的记者。

我们常常推送明星的新闻，一是增加点击量，过万的浏览使新闻常常成为热点；二是收取"版面费"，爱惜羽毛的明星总会让公关公司及时破财消灾。

早晨，我的手机响起，从末尾四位认出是刘黛希，分手两年，和她一直没有联系。我接起电话，她说，你在哪？我说，在编故事。她说，有个事。她的语气提醒我这事不小。于是我问，怎么了？电话那头传来嘈杂声，她说，回头再打给你。

我和刘黛希是在大学玩游戏时认识的。那天，我们在玩 CS。

我是警，她是匪，打到最后，只剩我俩，我背着炸药包夺命狂奔，她在后边端着AK47紧追不舍。我拐个弯蹲在漆黑的角落，听见脚步声渐近，探出头，看见有个黑色的物体飞过来，是雷，屏幕一片亮光，我栽葱似的倒在地上，脚抽动着。我拿下耳机看见对面一个酷酷的女孩，她戴着一顶棒球帽，头发披在肩上。我们相视一笑。

第二次，我们又去网吧打CS。刘黛希喜欢选绑着红头巾、身穿迷彩服、脚蹬军靴的匪，说比较凶悍。有一局，一个家伙会跳着放枪，我死了，她拿着AK47，几梭子弹都打不中，那家伙得意地跳来跳去，在墙上喷了KO的图案。刘黛希拿下耳机，吃着口香糖，若无其事地从那人电脑前走过。那人大叫起来：妈的，断网了？刘黛希比起中指，拉着我迅速离开。

刘黛希很自我，但偶尔的温柔像初秋的细雨。我曾和她去看电影，放映的是《蝴蝶效应》，地点在阶梯教室，放映厅的人三三两两。电影放到一半时，刘黛希说，手给我。我说，什么？她说，快把手给我，她把我的手拉过去，将一粒话梅核吐在我的手心，我捏着话梅核，感受着她嘴里的温度。她说，影片好无聊，便将头枕在我的肩上沉沉睡着。电影内容我已经记不清，大概讲的是童年一件小事引发人生翻天覆地的变化。这个故事对我很有吸引力，使我之后一段时间，忍不住展开种种遐想：若能回到过去，那会有怎样的故事？人的恐惧来自对未来的不确定。

我问刘黛希，为何喜欢玩男孩子的游戏。她告诉我从小在工厂长大，周围都是大老粗工人，他们会用车床给她车一个木陀螺，或者拆出铝绞线做一把火药枪，她从来没有玩过女孩子的洋娃娃。有一次，我看见她从书包中掏出一把木柄的折叠刀，曲形的刀刃锋利无比，她说那时家里出了点事，她爸给她一把刀，说谁敢欺负她，就剐了他。

毕业那会儿，刘军在温哥华找了一所学校，希望她念两年商科。可是刘黛希打听了加拿大的气候与饮食，死活不肯去。刘军劝她要懂事，说外边很多人丢了工作，就业困难。刘黛希向她父亲白个眼，说不用他管。

下班回到家已是九点。我吃了一粒佐匹克隆片。最近，我的作息混乱，前半夜玩游戏后半夜看片子，鸡打鸣后才睡一会儿。老板看见我直皱眉头，无奈我编故事的能力让他挑不出毛病。昼夜不分的生活使我患上了失眠的毛病，哪怕再困，一合上眼就会立马清醒，我尝试了许多办法都无济于事。失眠这毛病，当无法战胜它时，它就变得肆无忌惮。朋友建议我去看心理医生，起初觉得这是矫情的，十分抗拒，可是随着失眠没有任何好转，我来到医院。

我站在精神科的门诊，诊室中挤着一群癫痫、帕金森综合征患者。我自认神志清醒，但和一群目光呆滞、眼神迷离的人站在一块总觉得异类。我前边是一个五十来岁的男人，手臂上有一大块烫伤的疤痕，像航拍图中隆起的山丘。他转过头来看着我说，你看什么病？我说，失眠。他说，我嗜睡，咱俩换换多好。我疑惑地看着他，他说几年前工厂下岗，工人们和厂里闹，他从机器上摔了下来。我说，机器上摔了下来？他说，大型挖掘机，轮子有两米多高的那种。他指着腰，说，脊椎神经永久性受损，每天要睡十七八个小时，有时睡得太沉醒不来，每周都来配莫达非尼。据说，那是一种调节神经的精神类药物。他说，你结婚了吗？我说，还没。他说没孩子好，孩子是负担。下岗后，没管孩子，尽给他惹麻烦，都去几次派出所了。我想安慰他，但插不上话。他说，如果没下岗，他现在应该在买酒，而不是买药。说完，他头一低又睡着了。

医生问我，什么情况？我说，睡不着。他将眼镜压到鼻头，说，要多运动，晚上不要喝茶。我说，试了，没用。我以为他会让我躺在一个舒服的沙发上，像电视里的心理医生，循循善诱地替我寻找失眠的原因。结果他在病历上飞快地画了几条交叉的黑线，让我去配安眠药，前后不超过半分钟。我得到两盒佐匹克隆片。

夜晚，我吃下药，看着窗外缥缈的星空和倏然飞过的客机，等待药物发挥作用，闹钟滴答作响。我想象着药物从食道进入胃，将药丸磨成粉末，奇妙的化学成分渗入血液，进入大脑。大约五分钟后，我感觉药物开始起作用，像是有人在后脑勺敲了一下，我的思维变得迟钝，感官与情绪仿佛凝固，一切变得无比平和，人类是善良的，世界是美好的，哪怕闯进几个彪形大汉拖我去刑场，我也会大唱赞歌。

刘军死后，刘黛希不见了。我几次给她发信息，她都不回。出于男子汉的自尊，我决定不再和她说话。可是三个月过去，她依然没联系我。有一次她发我个表情，是个瞪眼带问号的黄色小人。我欢快得像是一只放风的柴犬。她说，不要挂念，我认识了新的朋友。

在一个周日的午后，我看见她和一男人手牵手在街上有说有笑，我才如梦初醒。那个男人名叫周斌，长得像罗嘉良。

分手后，我才明白，我已过了心想事成的年龄，不可阻挡地进入了一个陌生的世界。先前自己坚信的事情变得一文不值，一种像暴雨前沉闷的感觉在心中蔓延，我深感生活无趣，只能在游戏和电影中找到短暂的愉悦。

恍惚之间，电话响了。我接起电话，刘黛希说，睡没？我晃晃脑袋说，刚要睡。她说，现在有没时间？陪我去个地方。我说，现在？电话那头传来汽车发动的声音。她说，等我会儿，马上就到。她的话像将军般不容置疑。电话挂断，我睡眼惺忪地坐在床边。

刘黛希的车很快就来到楼下，她鸣笛两声示意我上车，我看见她有些憔悴，头发没梳，套了黑色的夹克，里边是黑色紧身T恤。我说，这么晚，要去杀人？她说，对！她飞快地瞥了我一眼，说，你喝酒了？我摇摇头说，吃安眠药了。她说，和我去找一个人。我说，找谁？她说，记得周斌吗？我说，记得，长得像罗嘉良。她说，就是那个王八蛋。我说，罗嘉良是王八蛋？她说，他是个骗子。我很惊讶，说，怎么骗你了？她和我说周斌花言巧语骗取她的信任，转身就把他爸厂里的机器和原材料都卖了，连电脑和碎纸机都不剩，空荡荡的像是闹鬼。

刘黛希说，我把周斌扒了个底朝天，他是个惯犯，信用卡逾期、伪造证件、诈骗案底一大堆。他当过酒保，做过理发师，后来做起坑蒙拐骗的勾当。他把头发梳得锃亮，凭借花言巧语，让许多女人上当受骗。我说，这小子太坏。我十分愿意将他的事放到"烂番茄资讯"。我回房间换了双球鞋，拿上照相机，说，这家伙在哪？刘黛希说，在太阳城。我说，太阳城在哪？她拿起手机晃了晃说，导航。她从后座黑色的运动包里掏出一把折叠刀，对着空气划下说，骗我的人，都不得好死。

刘黛希扣好安全带，将手机导航设置到太阳城，手机传来人声"地图已为你更新，请小心驾驶"。刘黛希猛踩油门，轮子在地面打转，翻出不少沙土，车子猛地拐个弯向公路开去。

在佐匹克隆片的作用下，我的眼皮直打架，闭会儿眼，心里不踏实，打开手机查找太阳城的资料。那里是距离这里三十公里的老厂区，又叫红太阳萤石矿区，最早是抗日战争期间日本人造的，专门开采萤石，又称氟矿，用途是炼钢的添加剂。中华人民共和国成立后厂房进行扩建，成为当地最大的萤石生产基地，供销周边几个省份。厂区是座小型城市，采集、浮选、化工几个大院分布在公路两侧。职工的文化楼是标志性建筑，有个巨大的金色穹顶，像一颗冉冉升起的金太阳。厂区生意好时，罐车像蚁群似的排着队。一九九七年，厂区已经破产倒闭，据说未来将兴建成高档别墅区，但是现已废弃。

车子在夜色下就像潜入海底，城市的灯火被抛在车后，成为倒车镜上几处模糊的小亮点，公路上的标牌在车灯的直射下闪闪发亮。我说，多久能到太阳城？刘黛希说，快了，你困先睡一会儿。我说，过了时间点，睡不着。她将收音机调到歌曲频道，从许巍放到郑钧又到老狼。我说，歌怎么这么老？她说，新歌没劲，老歌耐听。

刘黛希看见我有些萎靡，打开罐旺仔牛奶给我。我摇摇头说，不想喝。她说，有一件事。我说，什么？她想了想，说，你相信命运吗？我说，因果报应或许有的。她说，我爸一辈子能干，从不吃亏，谁知道走后，厂子也被我败光。我说，事情都发生了，就不要想太多。她握着方向盘说，为什么现在社会上骗子这么多？我说，不是每个人都有你那么幸运。她说，幸运就不会被骗。我说，就当吃一堑长一智吧。她说，长个屁。

深夜很黑，就像眼睑快要合上。为了强撑开眼，我拿出手机玩了一局游戏，枪法很差，没什么手感。忽然，车子剧烈晃动一下，我惊醒了，问，怎么了？刘黛希说，有一只麋鹿。我连忙回头，看见一只四肢细长、头像狗似的动物跑向路边。我说这东西怎么这么高，刘黛希说，是的，车子从它的旁边掠过。我还没从惊讶中缓过神来，车子已停在一条警戒线前，前边竖着几个橡皮桩。

刘黛希说，开不了了，我们下车吧。我们跨过警戒线向前走去。这时天蒙蒙亮，路边的农田弥漫着薄雾，空气中有股稻草焚烧的气味，远处几棵樟树斜向一边。我们顺道往前走，路比我想象的远。我们穿过两条杂草丛生的铁轨，枕木间堆着许多空酒瓶，我说，铁轨为什么这么窄？刘黛希说，工厂运萤石用的。

远处草丛动了下，一只田鼠探出头来，雪亮的眼睛，鼓鼓的腮帮，它抱起酒瓶喝了一口，睡眼惺忪地钻回草丛中。我说，你看见那只田鼠了吗？她没吭声，兀自向前走。我们来到一座铁门前，门被铁链锁死了，边上有个传达室，窗户破了，桌子没有抽屉。刘黛希将夹克系在腰间，翻过铁门。她说，这里好熟悉。我说，你来过？她说，童年在工厂长大，周围都是轮胎厂、齿轮厂。

红太阳萤石矿显然已废弃好久，杂草在路面的裂痕里肆意生长，厂房的墙壁上爬满爬山虎。远处一排锈迹斑斑的桁架横亘在空中，一根铁索的吊钩轻微地随风晃动。我说，这里没人多久了？刘黛希说，像是一百年。眼前的景象使我想到，如果人类灭亡，不需多久城市就会变成森林。

一面砖墙上有个鲜红色的圈，里边写着大大的拆字，我们走进一侧门，墙上依稀可见斑驳的"团结诚信　安全生产"白色标语，正中央是一台传送架，晨光从窗户中照射进来，光柱中有许多漂浮的灰尘。一辆手推车停在传输架边，轮子瘪着没气，车斗里放着螺丝和绝缘胶布，还有一本残破的工作日志。我打开日志，里边记录了出工时间和工作情况，有几页还夹着几张饭菜票，多为五角和一元的，最大的是五元。

厂房对面是职工宿舍，宿舍外墙边是一排打热水的水池。走廊里，墙壁上绿色的油漆已脱落。我们走进一间宿舍，四张上下铺床，天花板上有吊扇，布满蜘蛛网。床上放着一盒磁带，是张学友的《饿狼传说》，磁带的黑色线带散落在床板上。我捡起一张报纸，是一九九七年香港回归交接仪式的现场报道，好有年代感。

我听见远处隆隆作响，问刘黛希，你听见了吗？她说，出去看看。我们走出宿舍，看见黑压压的一排人从远处走来。他们身穿厂服，头戴黄色安全帽，手上套着油腻的棉纱手套，有的拿着扳手，有的拿着电锤，板着脸，像是去打架。我走上前问，你们这是干啥？拿着扳手的工人说，讨个说法。我说，讨啥说法？扳手说，老子从一九七三年进厂，现在工龄二十多年，说下岗就下岗。我说，不对，到现在工龄应该是四十多年。扳手说，现在是一九九七年，你有没学过算术？我说，啊？现在是一九九七年？扳手狐疑地朝我看一眼说，你是干什么的？我想了想，说，我是记者。他说，那来得正好，我们去找刘军那个王八蛋。

刘黛希听见工人喊出她爸的名字，惊讶地半张着嘴。人群很快聚集在红太阳职工文化楼前。工人们隔着铁门对着里边大声叫骂，刘军，狗娘养的，我们下岗，你腰包圆了。刘军绑着红色头巾，身穿迷彩服，脚踏军靴站在二楼，他晃动手中的 AK47 说，你们谁敢上来，老子就崩了他。我对刘黛希说，怎么回事？你爸也玩 CS？

爸！刘黛希大叫着跑进楼，来到刘军身边。刘军惊讶地看着女儿。人群中有人拿出板砖向楼里扔去，将房间的窗户砸破，刘军拉一下枪栓，说，别以为我不会开枪。工人们将手里的燃烧弹扔到楼中，一扇窗户的窗帘烧起来，燃起熊熊大火。刘军跑到另一扇窗户后面。工人说，厂子是大家的，你中饱私囊，我们一把年纪下岗连蹬黄包车都没人要。

刘军说，隔壁的轮胎厂、齿轮厂，哪个厂下岗有补助的？他朝窗外盲开一枪，一个工人的手指被打飞，他捡起自己的手指，嗷嗷大叫，工伤鉴定科的人将他拖了出去。

一个工人说，你不留活路给我们，我们就拆楼。远处一辆挖掘机蹒跚地开过来。刘军从腰间拔出一把木柄折叠刀丢给刘黛希，说，保护好自己。有个人扛着梯子试图想爬上楼，被刘军打飞一只耳朵，摔了下去，又被工伤鉴定科的人拖走。挖掘机开到楼前，里边的司机摇着操纵杆，巨大的铲子伸向房屋。看见司机，我晃了晃脑袋，因为在医院配安眠药时见过他。

刘军对司机说，周平，你小子二十岁跟我进厂，要有良心。周平冷笑一声说，良心？我在厂里一辈子，现在被赶出来，一家三口怎么活？刘军说，周平，你的觉悟呢？周平冷笑一声，扳动操纵杆，挖掘机"咔嚓"铲破房屋一角。

刘军说，你想干什么！周平继续猛踩油门。刘军瞄准周平开了一枪，周平惨叫一声摔下挖掘机，传来树枝折断的声音，他抱着腰发出阵阵惨叫，一个孩子从人群中跑出来冲向他的父亲。

那孩子只有七八岁，却长着一张成人的脸。刘黛希大叫，周斌？刘军说，是周斌，你们认识？刘黛希望了望父亲又望了望周斌，说，爸，其实不必这样。刘军换了个弹夹说，你说什么？刘黛希说，这是他们应得的。刘军说，你脑子进水了？刘黛希说，有没有想过，以后他们会拿回去的。刘军说，老子有枪！他们敢？

人群骚动了，工人试图冲进房屋。文化宫剧烈颤抖起来，金色穹顶上的瓦片像雪崩般脱落，拱顶膨胀成一个巨大的热气球，升腾到空中，光芒四射，就像太阳般耀眼。巨大的升力使房屋开始晃动，地面像千层饼般裂开，地基传来钢筋断裂的声响，房屋缓缓地离开地面，掀起滚滚热气与灰尘，人群淹没在其中。烟尘散去，工人们都变成了一头头奶牛，它们若有所思地站在原地，嘴不停地咀嚼着，像在说话。

我挤过牛群，看着摇摇晃晃的房屋向远处飘去，脚下是一堆残砖破瓦，房屋飞走后留下一个巨大的坑洞，黑得像一摊油墨。我摸了摸口袋的相机，本想拍照，可是口袋空空如也，估计已在推搡中丢失。

我坐上返程的火车，摸出手机给公司打个了电话，说自己去红太阳萤石矿，遇到一件怪事，可以做个新闻。老板说，照片拍了吗？我说，本想拍，可是找不到相机。他说，那先不做了，还是做点娱乐明星的八卦吧，最近新鲜事不少。

电话铃声响起，是刘黛希。她说，你在干吗？我搓了搓眼屎说，刚醒。她说，还在睡？真是猪，昨天在车上一直睡。我看了眼床头柜上的一板佐匹克隆片，说，昨晚确实很困，但没睡着。她说，你上车玩了会游戏就睡了，跟个尸体似的。我晃晃脑袋说，不会吧？她说，骗你干吗？我说，事情搞定了？找到周斌了？她说，算了。我说，算了是什么意思？她说，我们还是玩会游戏吧。我说，听你的。她说，但是你得让我一局。

单车骑向地平线

春生骑行在一个黄昏里，天刚下过雨，长满白刺的太阳在积雨云后时隐时现，蒸腾的热气使路有些变形，空气中弥漫着一九九九年夏天的潮热。春生抬起屁股，骑得很快，风灌进校服，校服鼓起像风帆。

车是父亲给春生的。丢了工作的父亲浑身散发着荞麦烧的气味，这台用于通勤的二十八寸庞然大物，已然失去用途，他把钥匙丢给春生。

"以后自己回家吧。"

说完便陷入威严而粗粝的鼾声。

春生放开双手，像鸟似的飞翔。

在年头好的时候，父亲骑着自行车满载而归，脸上洋溢着愉悦的微笑，车篮里装着工厂的福利：卫生纸、牙膏、清凉油、毛巾、香皂，还有若隐若现的避孕套。

车身是黑的，车头镶着漂亮的徽章，上边写着时髦的拼音：YONG JIU，边上闪着红色的细线。挡泥板上有段仿佛是为了凸显鲜红尾灯的白漆，使这辆像从墨汁中捞出的车显得不那么沉闷。

车子是结实的，除了生锈和掉链子，没别的毛病。在时兴大锅饭的年头，骑这辆车上街，路人都会投以羡慕的目光。

"全市唯一的游泳馆就在矿厂。"父亲说这话时，享受着公家人的尊荣。

铁道口响起破铜烂铁般的铃声。春生停住了。黑白相间的道闸在他面前放下，有人拖着自行车冲了过去，更多的人留在原地。

火车发出中气十足的鸣笛，狂风卷着煤尘扑面而来，春生捂住嘴。火车皮装满了萤石，他知道萤石的用途，好的是炼钢催化剂，差的用作制冷剂。父亲常从矿厂捡回各种颜色的萤石，绿的、紫的、红的、白的，色彩多得像万花筒。

火车连同巨响消失在闪闪发亮的铁轨上。

道闸升起，两边的人交换方向。车挤车，人挤人，争先恐后冲锋般通过道口。

"借光，让一让。"

"挤什么？投胎啊！"

父亲曾每天下午在校门口等他。他的眼睛很亮，能在攒动的人群中找到父亲的身影。他坐在自行车的横梁上，父亲巨大的臂膀将他包围。天冷时，他躲进父亲的大衣，探出个头，像只小猫。他能闻到父亲身上的烟味和机油味，这气味让他感到安全。

一座拱桥越过河流，橙色的河水在菜地边流淌，一个老翁提着粪勺，专心致志地浇着雪里蕻。春生骑上拱桥，毫不费力。下坡时，他松开刹车，放开双脚，感受风吹过耳郭。

父亲下岗是突如其来的。茶几上放着一个信封，买断的工龄都在里边。一年三百，十年三千。

"真是没天理！"说话时，父亲浑身发抖。

那年仲夏，齿轮厂、轮胎厂、棉纺厂都进行改制，所有人都感到了凛冽的寒风。春生不知道这意味着什么，会给他漫长的人生留下怎样的印记。母亲的喃喃自语，像针似的扎在他心里。

"老实人就是吃亏。"

橘色的烟囱是矿厂的标志，烟囱不再吐出白烟。锈迹斑斑的铁钩在龙门架下微微摆动，厂区遍地瓦砾，一辆挖掘机正在做最后的清理。烟囱拆除后，会盖上时髦的房子。四处都在盖房子，挖地基，砌砖块，浇混凝土，拆脚手架，卡车与搅拌车从身边隆隆驶过。

他将磁带放进随身听。

《相约九八》没有散去，《伤心一九九九》已经到来。失去黄家驹的华语乐坛弥漫着世纪末的矫揉造作。

"头发甩甩大步地走开，用最亮的色彩描绘最闪的未来。"

还是听收音机吧：

谢霆锋与张柏芝的绯闻，国有企业改革进入攻坚阶段，南斯拉夫大使馆上空的疑云，土耳其里氏七点二级地震，世贸谈判取得新的进展。

什么？成龙有私生女？

淡黄色的胡须忍住没刮，显得颇具男子气概。其实，他不知那玩意到底是汗毛还是胡须，汗毛没那般长，胡须没那么细。春生摸着脖子上蠕动的小球，对镜模仿马龙·白兰度桀骜不驯的嗓音。他感到乳房里很硬，像是有粒核桃，按着隐隐作痛。他担心自己的胸部会膨胀起来，突出个丝瓜般的乳房，他无法接受这一点。他怯生生地问父亲。父亲抚摸着他的后脑勺，露出神秘的微笑。

他想长大，长大后能赚钱，能去想去的地方，能干大人才能干的事。这种感觉像刑满释放前的煎熬。他感到关节处隐隐作痛，四肢在变长，肌肉变得有力。

他拨动清脆的响铃，淹没在嘈杂的人群中。

这里是招工市场，人声鼎沸，和菜场一样。人群挤在路上，有的杵着铲，有的提着桶，有的拿着砌刀，一排排像重见天日的兵马俑。

太拥挤了，他想走条方便的小路。他把右手臂伸得直直的，告诉后边的车他要转弯。这条路空荡荡的，像是闹了鬼。路边停着卡车，掉落的泥土已成为路面的一部分，从碾轧的痕迹可看出是人走过或是卡车开过。人行道上有几个空荡的树池，堆着烟盒和矿泉水瓶子。边上是块空地，长满地瓜藤，夹杂着油漆桶和便池。

"哐！"他撞到了一个男人。男人是光头，嘴唇很厚，两块肉挂在脸颊，有点像斗牛犬。男人的香烟掉在地上。春生踉踉跄跄，差点摔倒，最终把住方向。他回过头去，向男人露出歉意的表情。他重新跨上车。

"站住！"

光头像大山似的站在身后，扯着太君似的嗓音：

"你！走了吗？"

春生困惑地看着他。

"你道歉了吗？"

"对不起。"

"没听见。"

"大哥，没看见您，对不起。"

"知道这是谁的地方吗？"

春生摇摇头，像砸坏碗的孩子。

光头伸出大拇指指了指自己，又指了指空荡荡的马路："这是我的地盘，干什么要我同意。"他挥动着食指说，"不干什么也要我同意，明白？"

春生的脸像苦瓜，他不知光头想干什么，只能在凶神恶煞的表情中寻找答案，但他一无所获。

风大起来了，梧桐树上的树叶沙沙作响。一群麻雀从一棵树飞到另一棵。他抬头看着铅色的天空，这一刻，他冒出个想法：跑！他的百米跑是十三秒，光头未必能追上他。他刚跨出脚，就被光头扑倒了。他的手臂被弯到了身后，光头骑在他身上，按着他的头，他的头贴着灼热的柏油马路，鼻子闻到浓烈的沥青气味。

"想跑？"

"我错了。"春生嘴里吐出两颗石子。

"任何事都得我同意，你聋了？"光头拉起他的耳朵。

春生感到剧疼，他想起了数学老师，那个会扭耳朵的老妖婆，可眼前的家伙使数学老师变得像修女。他听见"吱吱"的声音，就像撕开创可贴那样，耳朵热辣辣的，一定流血了。他的眼泪和汗水混在了一起，他放声哭起来。

光头拎起他的衣领，把他举起。他捂住滚烫的耳朵，两脚腾空，像踢水似的前后摆动。

"我最讨厌不守规矩的人。"

一个女人挽着男人的手经过，女人穿着连衣裙，海浪般的发型应该是刚走出理发店。女人边上站着一个高个男人，穿着黑色夹克，有点像某 MV 里的黎明。女人投来好奇的目光。

"哎呀，那里是怎么了？"

男人一愣，推着她，说："走，少管闲事。"

光头放下他，手塞进夹克的内口袋，像是要掏出个东西。看见他的动作，春生预感到图穷匕见的结局，他双腿颤抖，闭上眼睛。他听见一阵悠扬的彩铃声，光头拿出一台诺基亚 3310，这年夏天，这是最时兴的手机。电视里都在播放着这台手机的广告，一个人挥动着手臂跳进水里，台词是：

"生活充满激情！"

光头对着电话"喂喂喂"地吼了几声。那头说话了，光头脖子缩了进去，态度变得十分殷切。

"是江总啊，是是是，有事您吩咐。"

光头凶狠的表情瞬间融化，露出了春风般的微笑，眼睛都弯起来，就像某个惹人喜爱的小品演员。光头转过身时，脸又恢复成原来的模样，他说："你走吧。"说完手掌像扇子似的摆了摆。

春生以为听错了，还是站在原地。他觉得天底下怎么会有这么好的事？好像自己捡了个天大的便宜似的，他不敢相信这是真的。光头说："还不快滚！"

听见大赦般的消息，春生真想磕头谢恩。

"还有……"光头停顿了下，"车我要带走。"光头拍打着坐垫，就像拍打屁股，他一蹬脚撑，跨上自行车，转了圈踏板，蓄势待发。

春生说："这是我的车！"

光头推开他，说："去你的！"

现在春生没自行车了。他摸了摸耳根，有点血。刚才的事就像一场梦，他想起父亲，想起小时候坐在车横梁上的情景。如果父亲在，谁都不会欺负他。他擦去胡须上黄豆大的鼻涕，喉咙干得冒烟。他想报警，却不知派出所在哪，即使找到警察，也不会办理那繁复的手续。公交车从他面前经过，车后拖着浓烟。他想坐公交车回家，掏出口袋，口袋像狗耳朵似的挂在裤两边。他想起朋友，想借点零钱，可是发现没朋友。

他对着天空大骂了一句脏话，天空轻易就把声音收走了。他踢了脚下的石子，那东西跳了下，便在草丛里安静了。他想要找回车。那人去哪了？车又在哪？茫茫人海，这个问题神秘莫测。

他游魂似的走过银行、超市、邮局。

走过烟酒店、棋牌室和卤肉店。

走过人行道、斑马线、盲道。

他看见马路牙边的阴井向外冒着污水，飘着死鱼的气味，每次下完阵雨就是这样。

他看见树下蹲着个穿校服的年轻人，年轻人低着头，红着眼，表情就像可怜的小狗，感觉下一秒眼泪就会滚落。他的面前放着一张白纸，上边用黑色的水彩笔写着：自行车被偷，肚子很饿，借十元吃饭回家。

有人竟和他有着一样的遭遇，他没那么郁闷了。

"你也被抢了？"他问。

那人没理他。

"我的车也被抢了。"

那人依然是那副沉默、难过、下一秒就要流出眼泪的表情。

"抢你的是什么人？"

那人抬起头，平静地看着他，吐出一个字："滚！"

那人不是学生，虽然戴着学霸的眼镜，穿着常见的校服，还有鼓囊囊的书包，这都是道具。这家伙把他当成竞争者。

郁闷再一次攫住了他，为什么自己那么倒霉？为什么每个人都像冬天一样寒冷？他虽不是古道热肠，但还算热心。父亲曾经从工厂带回萤石，他把这些色彩斑斓的石头赠给同学，同学书包中传递着他的石头。上周，邻居家丢了只猫，他打着伞一同去寻找。为什么那些东西都不见了？

现在，饥饿取代了郁闷，他想快点回家，母亲应该已经做好晚饭，桌上有他最爱吃的糖醋排骨，父亲一定也坐在平时的那个位置等着他。他幻想着有个熟悉的人出现，带他一程，哪怕一小段也行，可是目光所及，没有认识的人。他明白除了自己，没人会帮他。他像外国人似的对着马路竖起大拇指，据说这样能搭上车。有几辆夏利出租车放慢了速度，车窗摇下，得知他没钱时，油门一踩就走了。

他想起学校，连平时不友好的同学也变得可爱起来。有个龅牙仔经常仗着猩猩般的体魄，把他放倒在球场，或者忽然出现在他身后戳他屁股。但那可恶的家伙也有倒霉的时刻，老师拧着那个家伙的耳朵拖出了教室。街上没人来主持公道，没人会安慰他。

美容美发厅门口坐着穿松糕鞋、涂着猪血口红的女人，她翘着葱白色的二郎腿，双臂紧缩，挤出乳沟。抖动的两坨肉像乞食的小兔。春生有些晕眩。女人蚯蚓似的眉毛扬了扬："玩吗？"

春生摇摇头。

"你在干吗？"

"找自行车。"

"自行车被偷了？"

他默不作声。

女人发出铃铛般的笑声，她回过头和她的姐妹说："这小子自行车被偷了。"

门口探出好几个女人的头。她们像是在无聊的生活中找到了乐趣，"怎么被偷了呢？""贼真多！""哈哈哈！""小帅哥好可怜。"一个女人伸出荚白似的手臂，指着马路对面："去那看看吧。"

他看了看后边的二手自行车市场，好奇地看着女人，想听到更多解释。

"笨蛋，谁也不会把贼车骑到大街上。"

他茅塞顿开，感到自己真是个菜鸟。

他将校服扔到垃圾桶，站在二手车市场门口。市场里播放着激昂的草原歌曲，营造出莫名的喜庆。四个膀大腰圆的人围着方桌打扑克，都不知抓到了什么牌，笑得像猫头鹰。一个肚子拴着腰包、穿着深色西裤和白色旅游鞋的男人迎了过来，满脸堆笑说："老板，买车啊？"

春生点点头。

男人指着一排车，说："那边的实惠。"

男人跟在春生后边，把耳朵上的香烟掏给了他。他用食指和中指夹起香烟。男人为他点上。他学着大人的样子吸了一口，烟里有股骆驼粪的刺鼻味，他在嘴里过了遍，便吐了出来。

他走了两圈没有找到。车排着队，垂头丧气，仿佛不带走它们，就会变成废铁。他看见几辆车很像，却不是。他又倒着走了一圈，还是没找到。或许注定找不回那辆车。

一辆皮卡在路边停下，这是一批新的二手车，坐垫是干净的。男人和司机把车一辆接一辆卸下。他走上前去，一辆黑色的车吸引了他。漆黑发亮的车身、干净的轮毂、鲜红的尾灯……他抑制不住心中的激动。

"要这辆吗？"男人问。

"怎么卖？"他说。

男人伸出一个手指。

"一百？这是贼车吗？"说完，他后悔了，觉得话是多余的。

"你管是不是贼车，到底买不买？"男人冷冷地说。

"车况怎样？"

男人拿出气筒，拧开气门芯，夹住气嘴，有节奏地一站一蹲打气，像在做广播操。为了证明车况，男人跨上车，车扁了下去。春生的心抽了下。男人踩着踏板骑了一圈，像表演杂技的狗熊。车忽然刹住，车尾翘起来。男人把车递给他。

"和新车一样，不说没人知道是二手车。"

春生扶着车。他心爱的车两小时前被光头抢了，现在又被这男人骑了，仿佛已失去纯真，但失而复得总是好的。他按了按轮胎，觉得还该打点气。

"要打那么足吗？"男人说。

他默不作声，继续上下打着。轮胎鼓得像条蟒蛇。

"差不多了，再打就炸了。"男人捂住耳朵。

他又打了几下，鼓起的轮胎和石头一样坚硬。

春生跨上车，弓起背，低下头，注视前方，模样像个赛车手。他吸了最后一口烟。在烟头落地的一瞬间，他踩动了踏板。男人伸手遮住橘色的夕阳，眯着眼。春生骑了一圈，又骑了一圈，最后骑出了市场。男人一愣，使劲擦了擦眼睛，不敢相信自己所见，当明白后，一拍大腿，大步流星地追了上去。

"抓贼！"

春生抬起屁股，低着头，两条腿飞快地上下踩动，链条与齿轮剧烈摩擦，车子左右晃动。男人边追边骂。春生不想被追上，使出全身力气。有好几次，差点就被追上了，但都被春生挣脱了。男人喊抓小偷，春生也喊抓小偷。男人骂王八蛋，春生也骂王八蛋。路人不清楚到底谁是小偷，谁是王八蛋。经过十字路口，男人慢下来，紫着脸，气喘吁吁，显得怒不可遏。在他闯荡江湖的半辈子中，从未见过如此大胆的少年。

春生骑过了一个完整的黄昏，夜幕将晚霞追赶至视野尽头，露出篝火一样的色彩。真不敢相信，他找回自行车了，开心得想放鞭炮。

路边在建地铁一号线和商业综合体，探照灯下，工地正在赶工，水泥泵车发出隆隆巨响，倾倒出黏稠的混凝土。不远处橘色的烟囱已成为瓦砾，巨大的商场广告牌立了起来。

地平线将呈现新的景致。

此时，他停下车，能听见咚咚的心跳。在低头的一瞬间，他发现车子有些异样，外观相似，却能看出一点不同。车胎、脚撑、刹车都是陌生的。

噢，车不是原来那辆。

他有些诧异，很快恢复了平静，有什么关系呢？他已经长大了。他吹起口哨，向远方骑去。

蛇、K和银子

七十万现金重得像一箱苹果。

钞票从双肩包中抖落。先是一两捆，然后扑腾腾往下掉，像是翻斗车卸下砖块。钱是一万一捆，用长条牛皮纸扎着。黄昏时分，K 和他的同伴老枪正在分账。他们在把钱一分为二，一人一堆，透着梁山好汉般的豪爽。K 拿走了自己那堆，放进保险柜。保险柜藏在衣柜里，被一件黑色呢绒大衣遮着。

老枪把两摞钱塞进牛仔裤的屁股口袋，鼓囊囊的，像装着本书。其余的扔进塑料收纳箱。老枪出门了，吹着口哨，双指并拢，划下额头。赚了钱，他就会去过几天酒池肉林的生活。

他们这一行叫银商，也叫币商，就是把游戏里的虚拟币兑换成人民币，听着和黄牛没什么区别，可有了他们，游戏就变成了赌场。

时间是宝贵的。K 从不和人说废话。尤其是银商的事，别人问起，他都是顾左右而言他。干他们这一行，必须低调。

K 和老枪住在一栋三十平方米的小公寓。公寓楼比周围高。这里没人认识他，他也不想认识别人。防盗门上白色"男科""专治牛皮癣"的小广告没有撕去，一年前的宣传单还落在原处。K 刻意营造出无人居住的感觉。

K 和老枪一人干半天，像太阳和星星一样轮流上场。老枪下线，K 继续上。做这一行，通宵像刮风下雨般常见。K 四肢发酸，头晕脑胀，没有睡着的时刻，也没有清醒的时候，有时候眼睛还睁着，眼珠已不自觉钻入眼皮。

那是童年时就听过的一片雨林。在北回归线以北的山岭，一棵瘤木虬结的樟树下。他不喜欢这潮湿的地方，长着苔藓的灌木和不明所以的虫鸣。那条蛇如约而至，绿油油的身体，盘踞在毛发般的藤蔓上，蛇的身体像是拉宽的字母 N，身子很绿，头比身体略粗，两颗红豆般的眼睛，吐着黑色的芯子。蛇看见他了，头稍稍昂起，发出咕咕咕的叫声（蛇居然会叫），有点像鸡，又有点像青蛙。K 向后退，表示无意冒犯。

K 醒了，发现自己的手指依然在敲打键盘。他感到脖子很酸，转了转，像生锈的水龙头。脸上的油脂很厚，通宵后嘴里总有股肠酸臭味。

老枪常宿醉在外。K 不喜欢老枪。这家伙头发染成秋天稻田的颜色，嗓门与体重一样彪悍，仿佛已家财万贯。他愉快时会捶着厚实的胸脯，发出猿猴般的吼叫。他洗澡从不关门，水像瀑布顺流而下，村姑似的长发贴在刽子手般的背脊上，令人毛骨悚然。

玩家已在游戏大厅聚集，这里和棋牌室一样，白天人少，晚上人多。K 不玩牌，算牌与记牌令他头疼，他不知道通宵玩牌的乐趣在哪。无论如何，他只是提供服务。他每天坐在游戏大厅的六十八号桌，他觉得这个数字会给他带来幸运。

"五五〇银。"

"好。"

K 喜欢简单明了。他不愿说些与生意无关的事。赚钱的门道，多个人知道，多一分竞争。他讨厌竞争，不喜欢内卷。线上交易除了便捷，还可以隐藏自己。微信已经收款，支付宝已到账。接单、服务、转账。简单明了。他回复及时，二十四小时都在线，在游戏大厅很有名，"找 K，他能帮你搞定。"

淘宝、支付宝、微信、抖音、拼多多，手游、代购、刷单、直播、外卖、跑腿、抢票、点赞、水军。

互联网 +、大数据、云计算、人工智能、元宇宙。

大鱼有大鱼的机会，小虾有小虾的可能。

K 对游戏里挣钱的门道了然于心。只要有台电脑与网线，就能变出金子。在风行网游的岁月，K 做过代练，帮助想玩游戏却不愿意练级的懒汉。这是初级劳动、血汗工厂。互联网就是不按常理出牌，在规则确定之前，迅速找到机会，发家致富。当浑水变清，机会早已溜走。网购、移动支付、打车软件都证明了这点。

他也并非饥不择食，他也拒绝过一天五百元的差事，比如在某产品下面发表走狗般的评论。

墙角白色的仓鼠笼发出动静，笼上架着浅绿色的水壶。仓鼠添一点，水滴一滴。仓鼠是灰色的，黑豆般雪亮的眼睛，尖尖的鼻子，背上三条深褐色纹路。仓鼠喝完水便心无旁骛，奋力在轮子里狂奔，像是为了忘却亡妻。K 拿出鼠粮，倒进器皿。鼠粮是玉米、小米和花生的混合。仓鼠前爪抱起，狼吞虎咽地啃起来，腮帮鼓了起来。

K 洗了把脸，时间指向晚上七点零五分，游戏大厅里的人多了起来。大厅可以聊天，K 看见一拨人来了，又走了。玩家在这里放飞自我，"小瘪三""扑街啦你"……这里可以学到不少方言。

"你拨打的电话已关机，请稍后再拨。"老枪的手机忙音。"这家伙。"K 把手机丢到了沙发上。老枪出门前以绿林好汉的口吻说："带充电器出门那是娘儿们干的事。"

K 和老枪平时不说话，喝酒却是例外。酒精能让多巴胺跳舞，他们用遐想打发困倦。

"挣了钱要买台车，排气管像下水管，声音像炮仗。还要盖个房子，形状像白宫，有个尖尖的金顶。"老枪说。

"白宫好像没有尖尖的金顶。"K 指出了这一纰漏。

"有钱了，我说有就有。"老枪的眉毛像两条大虫似的努在一起，他的眼珠上翻，像要逃出生天。他想事情时就会浮现这样的表情，"还要有个长得像明星一样的女人，胸大，腿长，穿红抹胸。"

"你怎么打算？"他问 K。

K 想了想，说："和你一样。"

手机响了，是一款叫 WhatsApp 的跨国交流软件。软件简陋得像盗版，银商都用它来交流。那头传来了蹩脚的国语："服务器即将维护一小时。"

每周服务器都会维护。服务器架设在老挝边境，据说那里橡胶树环绕，野象出没，来自中国的服务器一年多于一年。老枪常常以此为由，暗示着国际巨贾的身份：

"服务器维护？什么？我在大陆哎……我告诉你吼……我有损失，你他奶奶的就死定了……"

蛇是梦里的常客。相比蛇，K 不害怕鳄鱼，鳄鱼体型庞大，凶猛的咬合力，断头台一样的力量。只要敬而远之，鳄鱼显得昏昏欲睡。但蛇不一样，遍布南北半球，躲在阴暗的角落，伺机而动，以青蛙和田鼠为食。至于人？被咬后，两个牙印，逐渐变青，麻木从指尖传向心脏，嘴唇发紫，呼吸困难，然后走向死亡。他宁愿被鳄鱼碎尸万段，却不愿意中蛇毒。尽管如此，蛇却是他挥之不去的梦魇，梦中常被蛇追得四肢无力，或者脚一空，摔下山崖。

服务器要维护，人也要休息。K 一周没跨出门了，腋下长出了苔藓，脚趾间生出蘑菇。他要呼吸新鲜空气。他套上一件发黄的白 T 恤，挎上电脑包。

夏天傍晚的颜色在他面前显现。阵雨后的街道，热烘烘的空气中透着泥土的气息，柏油路面像撒盐般闪闪发亮。夕阳洒在脸上，他感到很舒服，就像山谷射进阳光。他伸长脖子，展开双臂，把舌头都伸了出来，他想让落日烘干每寸皮肤。他来这座城市两年了，却和没来时一样。街道是陌生的，也没认识更多的朋友。他知道城中有片烟波弥漫的湖，湖边有山、亭子、宝塔，还有潮湿的爱情故事。这些事与他有关吗？他不过是个过客，在鼠笼般的公寓埋头苦干。

"K！"

"方乒乓?！"

在一个十字路口，他碰到了老同学。他们毕业后没有交集，却在此相见。这个额头闪闪发亮的家伙是局长的儿子，这一点在儿时就被周围人所熟知。此时方乒乓嘴角漾着笑意，是一种礼仪的，官场的笑容。据说，方乒乓出生时后脑勺长着一绺花翎，使接生的护士花容失色。这一不凡的征兆，使他一路走来虎虎生风。

方乒乓正在等车，白色的衬衣塞进黑色的西裤，身上套着一件藏青色夹克，皮鞋和头发一样油光发亮。他的上嘴唇比下嘴唇长一些，侧面看有点像公鸡。他现在是副股级办公室主任，他的语速飞快，像足球解说员。他说好多年没见了，K 还是和以前一样。事实是 K 更加孤僻，有时想说些什么，却找不到词。方乒乓那种得意扬扬的神态依旧如故。

"老同学，最近在做什么？"方乒乓拍着他的肩膀。

"互联网。"K 说。

"不错啊，朝阳行业，互联网里做什么？"

"游戏。"

"游戏？"方乒乓脸上浮现出迷茫，这超出了副股级办公室主任的认知。他就像在琢磨一件遥远的事物，"《星际争霸》?《魔兽世界》?《王者荣耀》?"

"差不多。"K 不想解释。

"收入怎样？"方乒乓扬了扬眉毛，拇指和食指来回搓动。这是世界通用的手势，直指个人价值。

"穷。"K皱起眉头，"还是铁饭碗香。"

方乒乓脸上浮现出愉快的笑容，这是他想听到的答案。他得到某种优越感，两手抱胸，显出居高临下的姿势，像在听取下属汇报。

"班里都和谁联系？"

K摇摇头："没联系。"

"一个都没联系？"

"没。"

方乒乓有些失望，似乎感到他的社交圈不会增加新的可能。他们陷入短暂的沉默。一辆黄色的垃圾翻斗车开了过来，播放着《让我们荡起双桨》。他们目送车子远去。方乒乓打了一个世纪般漫长的哈欠，抬手看了下手表。

"你好像没睡醒。"

"一晚没睡。"

"和我一样。"

"上头检查，鸡飞蛋打……两斤白的……稀里哗啦……"

黑色的大众汽车从路的尽头开过来，停在他们身边，翻滚着热气。方乒乓握手与他告别，打开车门时露出象征性的浅笑，向他挥挥手，像在鼓励他要勇敢地活下去。

活下去太重要了，K没有花翎，却发现有几根白发。他打开手机，那个年迈的父亲从手机的相册簿中走出来，中年下岗，脾气暴躁。父亲一喝酒就发牢骚，常常追忆起拖拉机厂优秀技工的荣光。K不想像他那样干了半辈子，被买断工龄，踢出工厂。父亲对他说，何时能做点正事？K告诉父亲，时代不同了，不用在工厂泥步向前。互联网机会多得像天上的星星。游戏里就能挣到钱。父亲哈哈大笑，一切如他所料，儿子果然还是那个不着调的王八蛋。后来，K 将老家房子修葺一新，贴上大理石墙砖，吊灯挂着许多珠子。又给父亲买了款新手机，黑市上值一个肾。父亲把玩着手机，学会了网购，从野史公众号中获得了许多欢乐。他开始重新审视这个不成器的儿子。K 告诉父亲，儿子开始挣钱了，会挣很多很多钱，会在豪车遍地的城市飞黄腾达。

K 走过斑马线，人群散去，那家奶茶店出现在他面前，店的墙壁贴着方形的马赛克，还有闪闪发亮的不锈钢咖啡机。他熟悉这里，熟悉这里的每一种饮料。店里有股牛奶和可可豆的香味。他点了杯榛果咖啡，喝了一口，全身放松下来，陷在沙发里。三十多岁也不算老吧，他忽然觉得自己还年轻，他要享受当下，不以现在换取未来，嘴角不自觉上扬。

女店员戴着口罩，眼睛格外明亮。小希也有一双这样的眼睛。咖啡机发出嗡嗡声，那个凉爽秋日的午后，小希白皙的皮肤，眼睛弯弯的样子，冰块般的笑声，他甚至闻到她头发上洗发水的香味。

相识是一连串幸运的巧合。网吧的同排座位、组团打怪、音乐和咖啡因。他加了她微信，他们相约看了一场电影，谢幕时他竟然勾住了她的小指。她说喜欢听他说话，喜欢看他一本正经地胡说八道的样子。他们经过花鸟店时，买了两只仓鼠，他们以对方的昵称给仓鼠取名，鼠小 K 和鼠小希。仓鼠睡觉把头缩进身子，就像乒乓球。那是这辈子最欢愉的夜晚。在他拘束的性格中，居然能表现出一点不羁与浪漫，真是难以置信。

以后都不会遇到这样的女孩了。他害怕失去她，害怕她遇到一个比他更浪漫、风趣的人。她的眼睛会说话，她的肩膀很白，露出漂亮的锁骨，这定会让许多男人神魂颠倒。他希望抓住这些美好，便鲁莽地表露了心声。事后想想，他应该再耐心等待一段时间，待他膀宽腰圆，问题便会迎刃而解。其实，她没有不同意，只是老人不答应。老人占据了森林的高地，垄断了话语，老人觉得自己的女儿应该有马车和庄园，而不是嫁个只会玩游戏的穷光蛋。他对老人说："英雄不问出身。"老人说："英雄是英雄，你是你。"

我是谁？从哪来？到哪去？

二十世纪八十年代的泥丸子，拖着四寸鼠尾。大街上，地铁里。穿衬衫，打领带，996，007，可怜得像只田鼠。他没有聪明的脑袋瓜，不会背唐诗三百首和元素周期表，皮箱里只有两百块的网校毕业证。如何与一千二百万毕业生狭路相争。有过几次，他想和他们一样，找个地方上班，打字复印总会吧，这会让他有种平庸的安全感。但不超过半天他就打消了这个念头，做过银商，就无法回头，无法忍受为了微薄的薪资，去学汪汪的叫声。

试卷与存折，数字代表一切。历史书写着，无论黑或白，成功上天堂，失败下地狱。K心里升起了一股英雄气概，富贵险中求。改变命运的斗志燃烧起来。一万年太久，只争朝夕。

卡西欧电子表显示七点零五分。离夜幕降临还有最后半小时，他想让颈椎得到放松。他已不去想老枪的行踪，这个不靠谱的家伙，无论在酒吧或三一八，都与他无关。他相信用不了多久，就会掘到第一桶金。过了那个临界点，他也会像抖音上那些有钱人一样，对过往侃侃而谈。那些卑微、难以启齿的往事在他们嘴里变得幽默，他渴望听见人们的掌声。这种期待像波涛般汹涌而来，他感到兴奋、丰盈、满足。此刻，他只想让颈椎得到休息。

在无法入睡的夜晚，蛇都会出现。他心中默念，不要去想，不要去想，意图把这阴险的活物从大脑里驱逐出去。可是越刻意控制，越无济于事，对手变得很是狡猾。他被蛇缠住了，冰冷又黏腻的蛇身滑过他的身体，他闻到一股令人作呕的腥臭。越箍越紧了，他无法动弹。

"足浴还是 SPA？"

"足浴。"

昏暗的房间，靠背可以翻起，沙发上有些不明的液体痕迹。在这里，他是上帝。服务员端上的水果不新鲜。他吃了半个枣子便吐在碟子里。房间昏暗，屏幕里播放着无聊的综艺。技师从黑暗中走了出来，他看不清技师的脸，听声音，是个三十多岁的女人。女人将塑料袋套在木桶里，再倒上热水。把他的脚放进去。他感到有些烫，但很快适应。

女人开始按摩，他像一团面粉被揉来按去。女人将手指放在他的太阳穴上，使出全身力气。他感到女人坚硬的手指在颤抖，像是想挤爆一只气球。他感到脑浆快要流出来了，使劲拍打着沙发。女人笑起来，发丝从他脸上滑过，他有些痒。女人让他坐起来，用膝盖顶住他的腰，把手拉向后边，他的身体像展翅欲飞的鹅。

K 像坨烂泥似的瘫倒在沙发上，紧绷的肌肉松弛了。女人按压他的大腿，和他聊起天来。

"手法可以吗？"

"可以。"

女人的手从小腿延伸至大腿，然后向中心地带进军。K 抓住她的手，说：

"你想干什么？"

"你说呢？"女人脸上浮现出狐狸般的笑容，"你有女朋友吗？"女人向他眨眨眼。

"或许有。"K 想起小希。

"或许有就是没有，加个钟吧？"

K看清了女人的面容，女人不止三十岁，应该快五十了，光线与妆容掩饰了年龄。她笑起来的抬头纹像群山的沟壑，使他想起了自己的祖母。

"我做正规按摩，不打擦边球。"

"不打擦边球，妈的要累死我。"女人有些不悦，一屁股坐在小凳上。她捏K的脚，姿势像在削一粒土豆。她的力道很轻，意兴阑珊，开始絮絮叨叨。

"男人没一个好东西。"

K没理他，拿出笔记本电脑，开机音乐明亮地响起。服务器维护就要结束。玩家陆续上线。

"装得一本正经。"

他浏览了群里的信息，头脑清醒起来，只有赚钱时，他的思维像兔子似的活蹦乱跳，他的脑子晚上会比白天更好用。

"又好色又小气。"

生意来了。"一千银。""三千五百银。"他感到心跳加速，血液横冲直撞，眼睛都瞪了出来。他不玩牌，却和玩家一样起劲，玩家赢了，他高兴。玩家输了，他也高兴。支付宝进账的声音让他欲罢不能。

女人抓住他的脚趾，说："前两天有个人和你一样奇怪。"

K的目光离开了屏幕，好奇地看着她。

"也带了台电脑，头发很长，长得和金毛狮王似的。"女人用手比到自己腰上，"那家伙说话腔调怪怪的，说自己一年能挣好几百万，说我服务好还能给我小费。"

K合上电脑，继续听她说。

"乖乖，我可不信卖游戏币能赚那么多。"

K把手抱在胸前，洗耳恭听。

"金毛狮王说这比开赌场赚钱，开赌场要房租，要场地，至少要放几张桌子吧，游戏里这些都不需要，坐电脑前换币就可以。"女人说。

K 手撑着坐了起来，他把身体往上移了移，那里光线比较暗。

"电脑上经常会跳出棋牌游戏的广告，原来都是这样赚钱啊！"女人继续说，"知道可以赌博，玩的人越来越多啦！游戏平台也不管这事。"女人叉着腰说。

"这事不用你操心。"K 说。

"其实游戏平台巴不得呢！啧啧啧，网上做什么生意的人都有啊！"女人咂着嘴皮。

"你知道的还挺多。"K 说。

"当然。"女人有些得意，她把毛巾扔进桶里，粗壮的腿霍地立起来。

"金毛狮王呢？去哪了？"

"你一说我就来气。"女人手一摊，"还说有小费，钱没付就没人了。"

"没人了？"

"被警察带走了，说是网警。"

"被带走了？"

"那天来了几辆警车，把我们老板吓得不轻，以为是抓按摩的，结果只是带走金毛狮王。"女人瞥了 K 一眼，"钱没付就被带走了。"

K 脑中浮现出多日不见的老枪，套着斑马似的外衣，呆呆地站在墙前举牌拍照。去过的人说石头旅馆条件不错，十人一房一蹲坑，新来的睡坑边。身边的人一个接一个进去。半年来，K 已换了四个搭档。

K 感到背脊发凉。做这一行就像玩筛子，天知道下一把投出什么。自己像倒霉蛋吗？不像。像吗？不像。到底像不像？为什么不担忧出门会惨遭车祸？

蛇来了，又他妈来了。

K拔出短剑，身体前倾，像一张弓，"放马过来。"他吼道。蛇立在面前，与他平视，气定神闲像个法老，"朋友，聊聊哲学吧。"

又在做梦。

K穿过走廊，走出洗浴店，站在大街上。天上没有星星，唯有空旷的黑夜。他从路边买了一只苹果，是红色的，咬一口。想到天亮前还有七小时三十二分，便加快了脚步。

撞

击

此时

亮光变大，车像被踢了一脚，径直冲向路边。我将刹车踩到底，车子颤抖，轮胎与地面发出尖锐的摩擦声。

我睁开双眼，一片空白，是安全气囊，鼻孔里有一股火药味，这是气囊里氮气和混合气体的味道，安全带依然勒得很紧。车子侧翻在排水沟，零钱和碎玻璃散得到处都是。车斜着，推开车门，很重。一阵剧痛，脖子钢针扎着似的，我蹲了下来。

天下起雨，雨水混合了汽油，路面五彩斑斓。撞我的是辆出租车。这车撞了我后，又把路边防护栏撞开一个豁口，翻在护坡上，冒着白烟。透过大雨，我看见有人从车里爬了出来。我对出租车没好感，在我眼中都是马路杀手。我真想上去抽他，他妈的怎么开车的。

头顶的两团气流从下午斗到天黑，远处原野上划过闪电，树影诡异。作为医生，我见多了死亡，但这一刻竟有点害怕。我在电影中见过许多翻车场景，有起火爆炸的，有支离破碎的，有人被甩出的。这一刻，我感到生和死并不远，多了一码或者角度稍作变化，就会去另一个世界。

出租车的白烟转成浓烟，火苗从烟里蹿出，火星迸出，噼啪作响，远在五十米外的我都能听见，大雨没有减小火势，瞬间变成大火。烧吧烧吧，我有种幸灾乐祸的感觉。那个司机模样的人挥舞着夹克救火，却无济于事，湿漉漉的路面印着火光。我看了时间，现在是夜晚八点一刻。

一小时前

车子加满油，我要在晚上九点前到达朱家尖码头，若赶不上轮渡，就到不了普陀。我习惯计划好一切，像手术前定好创口与麻醉量。我预计了油量与行程，却失算了天气。

城市被黑云笼罩，雨倾泻在前挡风玻璃上，雨刮器来回刮拭。我去普陀是参加医学会议，会期五天，主办方压缩至三天，其余两天自由活动。回想过去十几年，我不在门诊就在手术室，现在，我只想放松。

我计划好行程，租了民宿，离海滩一步之遥，没风的时候可以看日落。房东免费提供电驴，可骑去海产市场买海鲜，回民宿自己加工。我的厨艺不精，只会做些小炒，番茄炒蛋，或者蛋炒番茄，至于海鲜，只要新鲜，怎么做都好吃。我还问了房东涨退潮时间表，能赶海，捡到沙蟹、海星、海螺、八蛸。想到这，四十岁的我，竟有点小激动。

最近烦事不少，一个六十多岁的病人来就诊，肝腹水，癌细胞已浸润脾肾，做了两次化疗，头发眉毛掉光，瘦成皮包骨，腮帮缩进去。用上配额的阿瓦斯汀靶向药也没效果，前后三个月，病人就去世了。

生活也不省心，和刘珂闹离婚，她提过几次，我也提过几次，总的来说，我提得多些。前天还和她大吵一架，她把我的书本翻得乱七八糟。我和她说了不要乱碰我的东西，她却说我是在借题发挥想吵架，想到后半生要和这个女人做斗争，不免悲从中来。

雨越下越大，车像冲锋艇。对面的车打远光灯，马路像他家的，我闪灯提醒，无济于事，干脆也打起远光灯。一辆出租车，不断鸣笛，试图超车。此时，我十分理解路怒族，那是对交通秩序的绝望，真想扔瓶水过去。

我打开收音机，是新闻。我切换音乐，班得瑞让我平静，我没艺术细胞，却有了人生在途的况味。手机铃声响了，是刘珂，夺命连环催，五六个电话，我调至静音，脑中浮现出她双手抱胸，一副母夜叉的模样。

一小时后

风吹得树哗哗作响，夜空不时划过闪电，闪电亮起的瞬间，有人被抬上担架，应该是出租车上的乘客。救护车闪烁着灯，鸣笛很凄厉。我站在路边，等待交警与保险公司。路过的车摇下玻璃，以看死老鼠的眼神瞅着我。有一刻，我怀疑自己来到了地狱，像《第六感》里的布鲁斯·威利斯，在街道上，不知自己已是鬼魂。

我在电视里见过不少车祸，没想到会发生在自己身上。如果要给车祸命名，我想是突如其来，人生注定要发生的事，是躲不掉的，不是在现在，就在将来。

交警从摩托车上下来，穿着亮绿色的反光背心，肩上别着对讲机，在现场拍了照，又记了车牌。出租车司机跟屁虫似的跟在交警后边。

保险公司的人下了车，胖乎乎的，寸头，看了看我又看了看稀巴烂的车子，说："哥，真命大。"我耸耸肩。保险员说："交警怎么定？"我说："还用问，对方全责。"想到事故后还有一堆事要处理，认定、理赔、维修，我感到烦躁。保险员看了看胎印说："出租车没踩刹车？"我说："何止没踩，简直是地板油冲上来。"保险员说："大难不死，必有后福。"

吊车的臂很长，伸向夜空，挂下钩，把我的车和烧得只剩车架的出租车吊上板车，没想到才开了五万公里的车就这么报废了。旧的不去，新的不来，我只能这样安慰自己。

电话响了，院长说："怎么回事？"院长消息灵，有通晓全局的能力。我说："没大碍。"我不想让人知道太多。院长说："人没事就好。"院长停顿了会，说："会后天开，你怎么今天就去了？"院长是个老狐狸，总能从蛛丝马迹中发现些什么。我想了想，说："见个人。"院长说："朋友？"我说："病患家属。"院长说："哦。""哦"字拖着长音，意味深长。他说："晚上开车要当心。"我说："好。"院长说："你怎么回来？"我说："打车。"院长说："院里派个车来接你。"

我拿起电话，想给刘珂拨回去，想想还是算了。她一开口就会没完没了，前因后果和各种细节，刨根问底，她有做侦探的潜质，以前不是这样，最近越来越严重，估计是更年期的女人体内激素发生了变化。那天，她拉着我说家里有股怪味。我问："什么味？"刘珂说："烂苹果。"我说："我和你都不喜欢吃苹果，哪有烂苹果？"刘珂鼻子动了动，像德国牧羊犬，说："哪个角落一定有个塑料袋，里面有一个黑乎乎的、淌着汁的烂苹果。"我说："这是你的想象，苹果烂了肯定会臭，但是屋子里没有。"刘珂说："为什么一天比一天臭？"她走到客厅，环顾四周，又走了回来，拖鞋踢踏声有点不耐烦。我说："或许是你脑里的气味，有时鼻子里会出现一股气味，但那不是真的。"刘珂说："你的意思是我脑子出问题了？"我说："我没这么说。"刘珂说："你就是这意思。"

刘珂神神叨叨有一段时间了，最令我无法忍受的是她在跟踪我，她拿着小本子记录我几时出门，几时回家，像记日记似的，是为了方便与我对质。如果有出入，她就追问到底。我出去后，她总跟在我后面二三十米的地方，我转过头去，她就侧到一边，我有时故意多绕两圈，把她绕晕后再离开。

一天后

我脖子装上护颈，诊断报告写着：轻微脑震荡。脑震荡听着像脑瘫，可我感觉比平时更清醒点，就是脖子疼，疼又蔓延到肩膀，手指有针刺感。我不能转头，只能转腰，腰转多了，腰也疼。我拉上窗帘，留条缝，阳光从缝里射进，和昨天有了距离感。失眠已有些年头，越想睡个好觉，越睡不着。我只能躺着看天花板。

院里电话来了，说出租车里受伤的是刘珂，她髋骨骨裂。听到这个消息，我蒙了，她怎么在车上？在医院，刘珂躺在病床上，她的腿吊得很高，像杂技演员。我套着护颈，她打着石膏，两个护士捂嘴想笑。我想这可笑面面很快就会传遍医院。刘珂还是那种紧张焦灼的表情："怎么回事？怎么回事？到底怎么回事？"她像是教导主任在质问学生，这几年她一直以这种口吻和我说话，"电话都不接？电话都不接？为什么电话都不接？"这些问题像子弹似的打过来，打消了我想表达的关心。我不想和她说话，转身离开病房。

想到刘珂打上石膏，一段时间不能行动自如了，我竟有种快感，她终于不用像幽灵似的跟着我了。

在交警队，出租车司机穿着米色的夹克，他已不是颤巍的模样，他扯着嗓子说："我从没见过这样的女人。"司机双手比画，肢体丰富，像小品演员。警察说："别废话，我说什么，你答什么。"司机拉了凳子坐下，背挺得很直。警察说："国道限速八十码，监控里你一百。"司机说："那女的让我超的。"警察说："让你超你就超？"司机说："我没超过就撞上了。"警察说："你驾照怎么考的，懂交通规则吗？"司机说："她大喊大叫，捶鼓似的拍我靠背。"警察说:"你的意思是她造成的事故?"司机说:"我开车很稳,从不出事故。"司机说话时,唾沫星子从嘴里喷出。警察说:"你要对你的话负责,现在是笔录,要记录在案的。"司机说:"那女的也有责任。"说完司机瞪了我一眼。

我坐到警察面前,警察说:"出租车从哪超的车?"我说:"左边,撞在后门。"警察说:"当时几码?"我说:"八十,我开了定速巡航,可以调监控。"警察说:"他说你老婆影响他开车?"我说:"不知道。"警察说:"你老婆在出租车上,你不知道?"我摇摇头。两个民警互相看了眼,笑了。司机按完指印,把纸巾扔进垃圾桶,说:"他老婆跟踪他。"我说:"关你屁事。"司机说:"我说错了吗?"我说:"差点出人命了,你知道吗?"司机说:"那也是你老婆干的。"我站起来说:"你再说一遍。"警察说:"吵什么,这里是交通事故认定中心,觉得有谋杀,就转交刑事犯罪科。"

一天前

我打开行李箱,把换洗的衣服、刮胡刀、沙滩鞋放进去,还有卡尔维诺小说集,我喜欢有想象力的故事。我把行李箱推到门口,想到明天要去普陀,有种脱离苦海的感觉。

那晚,睡梦中我听见有声音,模糊地看见墙角有人影,我大喊:"谁?"发现一张惨白的脸,是刘珂,她正拿着我的手机。我说:"干什么?"刘珂说:"没什么。"我说:"你在看我手机?"刘珂说:"没有。"我说:"你明明在看我手机。"刘珂紧紧握着手机,说:"心里没鬼你怕什么?"我说:"手机还我。"刘珂走出卧室,我追上去。刘珂说:"你外面有女人了。"我说:"胡说,把手机给我。"刘珂说:"你不说我就不给。"我使出四十岁男人该有的力气去抢。她把手机丢向我。我想闪开,但还是被砸中了,眼冒金星，我感觉流鼻涕了，一看是鼻血，鼻血像机油似的流下来，顺着睡衣又淌在地上，像幅陌生的地图。刘珂呆住了，这出乎了她的意料，说："我不是故意的。"然后把手机塞给我。

我仰着头，躺在床上。刘珂拿棉花塞在我鼻孔，拿了块湿毛巾递给我覆在额头。她沉默了，像在想如何说。"我不是故意的。"她又说了遍。我说："我知道。"她坐在床边，眼泪从脸颊滑落到衣服上。我说："不要哭了。"她反而哭得更凶了，趴在我身上抽泣起来，她的头钻进我的脖子，泪水像是泉水似的向外涌，温温的。她说："我们结婚几年了？"我说："十年。"她说："十一年了。"我说："哦。"她说："还能回到过去吗？"我说："时间不能倒流。"她说："我们可以重新开始吗？"说实话这样的问题让我厌烦，因为这是电视剧里才有的桥段，老夫老妻试着重新开始，为了不再次陷入争吵，我说："怎么重新开始？"她说："还记得我们是怎么认识的？"我说："同学聚会。"她说："还记得那时的场景吗？"我不想回忆太多以前的事情，为了证明我的记忆没有出错，我说："吃烧烤，唱歌。"她说："还有呢？"我说："放烟花。"她说："对，放了很多烟花，你还吻了我，说喜欢我好久了。"

一周前

我握着方向盘，心猿意马，好像不是在开车，是车把我带到这里。在一片漆黑工地，我把车灯熄灭，隐入黑暗。

小美低头问："这是哪？"街上每过一段时间就会有车开过，我听见自己在呼吸。我想找一个更好的地方，不说星级酒店，至少要有干净的床铺。就在今天，就在此刻，我心里的小兽要出笼了，在这个黑灯瞎火的工地，势必要完成它要做的事。裙子被掀开了，透着微弱的灯光，浅弧形的腹部闪现在眼前。她没有反抗，而是抱紧我，她的反馈让我意乱情迷。我像在沙漠寻找绿水，有了原始的力量，我想留住这片绿洲，却不可阻挡地冲向终点。

结束后，我们很有默契地穿上衣服，我打开车窗点了根烟，她玩起手游。我比小美大十几岁，她很瘦，是那种结实的瘦。她皮肤很白，不是涂脂抹粉，而是年轻人才有的那种白，她的身体的气味和刘珂不一样，这种味道让我神魂颠倒。她不算美艳动人，但年轻，一切恰到好处。

我和小美认识，是因为她的父亲。她父亲刚住进病房时还挺精神的，只是腹胀，嗓门洪亮，抱怨食堂订餐难吃，得知病情后就蔫了。小美每天在护士站等我，她会再三询问父亲的病情。我很耐心，会把她带到办公室，和她讲解 X 光片和分析病情。小美一直在病房照顾父亲，实话实说，小美在耄耋老头的病房，就像山洞照进了阳光。

李医生，小美总是这么叫我，哪怕只有两个人在的时候，也是如此。我承认在和她的关系上，我利用了医生那种巨大的职业安全感，我的一句话往往能打消她数日的疑虑。我每次和刘珂吵完架，都会找小美，她能填补我心中的烦闷。有时心里会闪现出邪恶的想法：婚姻制度是否完美，既然是一纸契约，是否该设置期限？就像商务合同，到期后双方自愿就续签，不合适就一拍两散。

小美的出现让我在和刘珂的战斗中处于上风，以前冷战，我总是率先举起白旗。现在吵完架我摆出无所谓的模样，这让我战无不胜。

我曾反思自己，亵渎了婚姻，真是王八蛋。但日复一日的乏味将这些反省碾得粉碎。我试过和刘珂缓和关系，试着更包容，更耐心，但过了一阵两人又会回到那种剑拔弩张的状态。

"婚姻真可怕。"小美听完我和刘珂的故事说。小美说："她很厉害吗？"我说："什么很厉害？"她说："是很泼辣的那种女人吗？"我说："也不能说泼辣，就是急，火急火燎的。"我对自己的表述尽量客观，我不想做那种在别的女人面前数落老婆的小男人。她说："可能你们五行有点相克。"我说："不是有点是很。"小美说："有些事就是命中注定。"女人总会把一些事情上升到玄学，什么命理、星座、第六感，这点她和刘珂是相似的。小美说："你信命吗？"我说："不信，能展示神迹我就信，否则说再多我也不信。"小美沉默了会，似乎不知如何应对我理性的回答，她说："你要去普陀。"我说："你怎么知道？"她说："你说起过要去开会的。"我说："好像是。"小美说："普陀有座寺庙，可为父亲诵经，然后可以度个假。"

一周后

刘珂躺在床上，她的腿包裹得像枚五号电池，门掩着，留了一条缝。我明白，她想和我谈谈。但无论如何，我要说出想说的。我推开门，直截了当地说："你什么时候签字？"她说："签什么？"我说："离婚协议书。"她说："你想清楚了？"我说："早想清楚了，就等你了。"她拉着脸，鼻翼一张一张的，她想发作时就是这表情，但她忍住了。

她说："就这么散了？"我说："我差点被你撞死，我们好聚好散吧。"我摆出一副大义凛然的姿态，就像宣布法院判决书。她吃力地挪了挪腿，把身子立点起来，咽了口唾沫，说："那是意外。"我说："确实是意外，按理说我应该被撞死了。"她说："我只是想缓和我们的关系。"我说："你为什么要像鬼魂似的跟着我？"她说："我不是鬼魂，我不喜欢你的语气。"我说："全院都在看我的笑话，你就签字吧。"

她想说什么，但又没说，只是缓缓起身，寻找拖鞋，我把鞋子踢给了她。她转过身去，拿了件棉衣披在身上，走进厨房。我听见打火的声音。她煮了一碗面，端在我面前，上面有个荷包蛋。在阳光下，蛋清闪闪发亮。我明白她的意思，但没接，我已下定决心。我说："不吃。"她说："今天是你生日。"我说："没胃口。"我把面条倒进垃圾桶，连筷子也扔了进去，说："你到底签不签？"她吃力地走进衣柜，我听见翻箱倒柜的声音。她出来时，噙着泪水，手里拿着一页纸，递给我，她签了。

第二天，两个工人过来搬家，风卷残云般搬走了她的所有东西。房间肉眼可见地空了，衣柜、鞋柜空了一半，洗脸台上只剩下光棍似的一根牙刷。桌子上那些奶昔酵素和饼干不见了，冰箱里也变得空荡荡的。我决绝得像个杀手，只是想快点结束。我回到了单身状态，没人和我挤床铺，没人和我抢厕所，取而代之的是单身宿舍般的气息。主卧太大，我搬到了客房，床铺露出了暗红色的席梦思，阳光射进，有尘粒在旋转。

据说离婚后，会经过一段强烈的怀疑期，怀疑自己的决定。我有种对生活节奏打乱后的茫然，我把这认为是强迫症，我的办法是让小美来住一阵子。她像度假似的戴着随身听，背着双肩包，晚上来，早上走。一天半夜，我听见马桶冲水的声音，小美披头散发，趿着拖鞋，我竟把她认成了刘珂。

我相信这都是暂时的，一切都结束吧。

三十年后

抱歉，我老了。我一下午都坐在轮椅上，脑中只有零星颠倒的片段，原谅我的语无伦次。这里是养老院，除了门口的海滩，一切乏善可陈。大多数老人都行将就木，意识涣散。我也好不到哪去，三年前的脑血栓让我与轮椅相伴。

海滩上裸露着乌黑嶙峋的礁石，显出某种哲学色彩。时间让万物从有序走向无序，需要更大的能量，才能抵御磨损。那些日常细微的，不易察觉的变化，都以巨大的方式呈现在眼前。

此刻，我唯一的愿望就是少受病痛。我给人看了一辈子病，老了却坐上轮椅，天知道是不是报应。养老院里每过一阵子就有人抬出。今天，有个老同志哭了，在为自己的妻子哭泣。我无法感同身受，我对婚姻的记忆是一个前妻，那是唯一的前妻，三十年前的事了，这个女人，就像前世般的存在。

养老院待着一群和我一样孤苦无依的人。一个偶然的巧合，我和老孙聊起来，他凭借着丰富的肢体活动，上台表演过节目。在除夕夜，我和他坐在食堂里，他戴了顶黑色毛线帽。他话匣子一开，就收不住。他说一辈子像火车似的过去了。我说，是。他说，总有几个片段是忘不掉的。我说，确实如此。他说，年轻时接送过外宾，在独库公路和警车玩猫捉老鼠的游戏。他喝了口酒，发出"哈"一声，像是很满足。他看了看我胸前口袋的抗凝类药，说，都是安慰剂。我说，医生说吃药还能有半年。他说，老家有种草药，吃了肯定好，能重振雄风。他喝了酒就是这样，越说越起劲。我回以微笑，感到眼皮越来越重，想摇车回去睡觉。

这时，外面响起爆竹声，一束烟花升上天空。老孙说："过年像闯关，过一年算一年。"我说："今天不说这些。"老孙说："我年轻时做过司机。"我说："你说过了，载过外宾。"老孙说："是出租车司机。"我打了个哈欠，说："哦。"老孙说："我拉过一个女的，那女的个子不大，火气不小。"我说："然后呢？"老孙说："女的说老公的车在前边，让我超车。"我好奇地看着他。老孙啜了口酒，说，女的说要和老公去普陀放烟火，带了一堆烟火坐我车上。他比画了下，说："和小孩玩的那种差不多，一管管的。"我说："烟火？"老孙说："是啊，我心想都一把年纪了，还放什么烟火，女的说就是要重现他们认识时的场景。乖乖，真是什么样的人都有啊。我告诉她车上不能带烟火，她说就一段路，就坐老公的车。"老孙吐了口痰，继续说，"那天雨特别大，她老公的车开得飞似的，追也追不上，像在赌气，我开快，那车更快。女的就一直打电话，她老公也真是的，就是不接。我看超不了车，就跟着吧，反正做我们这行能多开点公里数都是好的。"我说："是这么回事。"老孙说："谁知那女的暴脾气，拍打我靠背，让我追上去，快点快点。我火了说快也没用啊。这女的真凶，说要下车，要投诉我，还拍了我的服务牌。我心想这女的怎么这样，我怕她真投诉我，一天可就白干了。我烦了，一脚油门超上去。好巧不巧，一辆货车开远光灯，我避开了，却撞上她老公车了，车子翻了个跟头，乖乖，车里有烟花燃起来了，烧得只剩车架。"

老孙说完又喝了口酒，倚着凳子，看着窗外的烟火。

我相信这是个与我无关的故事，这些出租车司机总会编选出想象的事。老孙面色红润，喷出酒气，他拿起酒杯，说："以前当司机不能喝酒，现在就喝个痛快，干杯。"我举起酒杯喝了一口，感到酒从喉咙流淌到胃里，渗入血液。我不困了，眼前清晰起来，外边烟花绽放，随后是雷鸣般的巨响。在一刹那，有种无法抑制的眩晕袭来，手指的松软遍布全身，酒杯掉落在地，日光灯射进我的眼睛。我又出现在公路上，车像被人踢了一脚，我体内恒久而昏聩的感觉一扫而光，我集中精神，踩紧油门，向路边冲去。

日

记

1. 志愿者

我他妈最讨厌从前。

我的记性不太好，时间长了我搞不清是胡思乱想，还是真实发生过。我这辈子遇到过无数倒霉事，有那么一件事确实不可思议，如果给我一点时间，我说给你听。

我在十五六岁时，把头发染成黄色，套上皮夹克，链条在屁股上晃荡。我扬起额头，目空一切，对着街上女孩吹口哨，在电影院与人拳脚相向，至于学校，忘了在哪，依稀记得门口有家发廊，里面贴着陈奕迅的海报，他留着可笑的卷发，露出夸张的表情，嘴巴像是能吞下粒黑8。

你一定会问我父母在干什么，我知道的并不比你多，一个在我三岁的时候就与她的男友跑了，杳无音信；另一个在南方倒腾房地产，赚了点钱，和一个比我大不了几岁的女孩睡在了一起。

我进过看守所，因为在公园里揍了一个朝我吐口水的混蛋，那家伙被我揍得鼻青脸肿，还拔出一把水果刀，想吓唬我，却被我反手夺过去，在他大腿上扎了一下，痛得他在地上打滚。

坦白说，所有进过看守所的人都不会再想进一次。我被关在一个十平方米、四不透风的房间里，这里被我们称为五星级石头旅馆。里边横七竖八躺着几个臭气熏天的大老爷们，彼此听着打鼾与放屁声。我进去最晚，年龄最小，睡在一个蹲坑边上，夜晚撒尿的人都会从我头边踩过，尿液四处溅起，我会把脸朝向另外一边，直到他心满意足地抖几下，我才转回身。

我提前假释出来，发誓再也不去那鬼地方。我要开始正常生活，系上领带，擦亮皮鞋，像只快乐的哈巴狗。不过在此之前，我还得去社区为孤寡老人服务，做一名社会志愿者，赚点所谓的工分。

我就这样与老武认识了。老武的全名叫武援朝，从名字上你就能猜出他的出生年代。他得了一种叫躁郁症的病，靠拿低保生活。据说人世间最悲惨的就是膝下无子，老来得病，真是个可怜的家伙。不过，街道一个四眼田鸡偷偷告诉我，老武其实啥病也没有，就好吹牛。

记得第一次到老武家，我花了两个钟头才找到。他住在一幢老单元楼里，此前是工厂宿舍，是典型的苏式建筑。房子夹杂在毫无生气的高楼间，像被人遗忘的纸箱。远处有一幢绿玻璃的楼，上面有块醒目的广告牌：一个毫无血色的女人，白脸红唇，边上是一根口红，就像一枚子弹，晚上看见这画面会令人毛骨悚然。楼底是平淡无奇的院子，开着些夹竹桃之类的小花，对面是一座布满爬山虎的二层平房，据说是一家医院的太平间，每天都有穿着白色衣服的人抬着担架进进出出，后面跟着群哭爹喊娘的人。若不是专门找上门，鬼才会来这个地方。这里一直无人问津，将来某个时候会被夷为平地，然后摇身一变成为凡尔赛公寓或者帝王尊府之类的地方，但至少现在是个被人遗忘的角落。

那天看见老武，他正在院子中给夹竹桃浇水，瘦高的身板，穿着褐色的破毛衣，就像牛骨撑起了牛皮。他的大手引起了我的注意，这是一双黝黑而方正的手，手指密布着纹路，指骨嶙峋有力，让人想起链条。

"你觉得他们在听吗？"他指着电视里一档正在开会的新闻说。

"看上去都挺认真，笔都唰唰地记着。"我说。

他关上电视，对我倒是不生分，一般人都视我们这种乖宝宝为臭姐，仿佛我们浑身散发着艾滋病毒。他点了根烟，和我说了一大堆他的故事：

他曾当过兵，去过苏联，在一艘潜水艇上，纵横捭阖于美国和日本的驱逐舰当中，就是那种有惊无险的军旅故事。上了年纪的人总会沉迷于过去，当兵、下乡，每次都说个没完。

他说他曾和一个苏联女孩有过美好回忆。世界上分为两种人，一种是业余吹牛，一种是职业吹牛，在我看来老武属于前者，真如他说的那样，为何落魄至此，睡在太平间边上呢？至于另外一种，我也见了不少，我曾经认识一个叫阿逊的家伙，自称是国外回来的互联网精英，其实是个当网管的小混混，骗了除我以外的所有人，他没有骗我是因为我们曾经一起赚钱，就是盗游戏账号，我对他知根知底，后来这家伙因为诈骗罪锒铛入狱。

"我能做点什么？"我对老武说。

"帮我弄点佐匹克隆片。"他将一个药盒递给我，这是一种处方药，是能让人心神平静的白色小药丸。他告诉我他经常睡不好，有躁郁的问题，但不严重，这就好像孩子糖果吃多了会牙疼，对于这个年纪的人并不是什么大毛病。于是，我每周去两次医院，去给他弄点药。

我发现老武作息规律很准时，就好像闹钟，时间到了就闹铃。六点醒来后他会把被子折成豆腐的形状，七点一刻他会绕着公园的湖边跑两圈，然后回家看早间新闻。

他把每天干什么，吃什么药，花多少钱，遇到什么事，事无巨细记在本子上。记时他戴起眼镜，用粗糙的大手握着一只塑料水笔，一字一字地写，样子有点可笑，像是老黄牛在刺绣。他有上百本日记本，横七竖八地放在书架上，从日记的成色上也能看出年代，颜色越黄年代越老，越白越靠近现在，大多是一厘米厚的本子、田子格的软面抄，当中夹着不少照片、剪报和粮票，简直就是个档案库。我想也只有上了年纪的人才有这个癖好吧，如果后人发现这些日记，一定可以作为研究当代社会的重要文物，就像现代人发现甲骨文或者竹简一样。

老武不让我翻看这些日记，就像老虎不喜欢让人看屁股，但无奈他需要我帮助他整理，要将支离破碎的日记与照片归位可不是小工程，若没有我帮忙，他可能要忙上两百年，我们找了六个纸箱收拾这些东西。反正我有的是时间。

我拿起一张右下角印有俄文的黑白照片，他穿着笔挺的深色海军军服，头戴白色海军帽，金色的袖口镶边，脚上是黑色皮鞋，显得神采奕奕，身后是一艘驱逐舰。照片上写着：一九六八年，符拉迪沃斯托克。我指着照片左边海面上一个黑色物体，它看起来就像一条大鱼的背脊，我问老武这是什么。

"这是627。"

"什么是627？"

"就是扬基级弹道导弹核潜艇。"

"核潜艇？"

"它能神不知鬼不觉地往对手被窝里扔个鞭炮。"

"龌龊！"我说，"就该找个空地，你拿板砖，我拿棍子，看谁先趴下。"

"这叫威慑力，你敢在我院子里撒尿，我就要到你被子里放鞭炮。"

"有用吗？"

"没有比这更有用了。"

"好玩。"我拍着手说。

"你如果听见过420毫米的火炮将一艘靶船炸成纸片，就不会这么说了。"

"这妞真漂亮。"我惊呼。照片中是一个金发姑娘，她的脚踏

之前的故事相比，后来的日记中充斥着愤怒与不满。这期间一定出了什么问题。我想寻找原因，就像福尔摩斯做的那样，到底是什么事情让老武的命运急转直下，抱着这个疑问我又翻了他更早的日记，但日记断档在一九六六年的六月至七月，那是他去苏联学习的前夕，之前与之后的日记都有，这一段为什么就凭空消失了？

2. 消防车

我给老武拿来了药，走进门时，发现有点不对劲，窗帘紧拉着。房间有股浑浊的气息，他咳嗽着，弯着背，蜷缩成一团，头发贴在脸上，被褥被汗水浸湿了，地上有一个摔碎的茶杯。平时他不爽时，总会中气十足地叫嚷，但今天不一样，他表情痛苦，浑身颤抖。他紧紧握住我的手，抬头时候，眼里噙着泪水："我不想听见那声音，一点也不想。"

"你听见什么了？"我扶起他。

"该死的消防车，像黄泉路上小鬼的嚎叫，我还没死呢，真是王八蛋。"

"车开走了。"我抽了张纸给他。

"妈的不会又来一辆吧！"

"没准就是个演习，"我安慰老武，"和学校里演习一样，拿着灭火器对着一小纸团灭火。"

"你说什么死法是最痛苦的？"老武躺了下来，他老泪纵横，我不习惯看见一个老人哭。

"赶紧睡觉吧。"我拍着他的背。

"烧死最痛苦，大火会烧掉毛发与皮肤，肉也被烧起来，火辣火辣的，鲜血沸腾，渗出皮肤，人就会疼得打滚，然后身体因缺氧而抽动，随着神经与内脏的燃烧，整个人就像一堆冒烟的废墟。"

我打开药瓶，他抓起一把吞下去，大口喘气。一分钟后，喘气逐渐减轻，直到睡着。不知为何他会如此惧怕消防车，真是个奇怪的老头，有一点我可以肯定，他是个病人。

他醒后一句话也没说。我们各自在收拾东西，房间安静得像座教堂。我明白，每个人都要面子，保持沉默比没话找话要好，我瞅到他在卧室中拿出了件海军呢大衣，轻轻抚摸了刻着五角星的金色纽扣，系上一条褐色军用牛皮带，戴上海军帽，在镜子前站了很久。

阿逊来找我，就是和我一起在网吧盗号的那个家伙。他在监狱里待了八年，进去是个混蛋，出来依旧是个混蛋。他四处借钱，所有人都对他避之不及，脑子正常的人都不会借钱给他。

他得知我正在做社区志愿者，于是打起了我的主意，他捡起当年在网吧盗取账号的陈年旧事，说若不"借"两千万给他，他就去举报我，我正在假释期，这一罪状足以把我丢回石头旅馆。说起盗号这事，当初纯粹是恶作剧，我们用盗来的游戏账号，假装与人聊天，说些不着调的话，把人耍得团团转。这个混蛋若拿这件事情上纲上线，我一定百口莫辩。他说他会来取钱，地点在太平间旁。他可真会找地方。

在一个平静的早晨，阿逊开着一辆不知从哪搞来的白色三菱汽车，车子一个急刹车停在沙地上，这家伙比几年前胖了些，下巴留了胡茬，他下了车，说："妈的，没钱真是不好过，连个保险套都买不起。"

我告诉他我口袋里不超过十块钱，每天还要骑半小时车来陪一个老头赚工分，日子过得就像叙利亚难民。

阿逊歪头看了我一眼，他将香烟叼在嘴上，直截了当地说："你不是有个有钱的老子吗？"我说和他已经几年没联系了，他把钱都花在了女人身上，要问他拿钱，还不如问释迦牟尼要钱更加容易些。

"这么说你是不给了？"阿逊说。

老武走了过来，挡在我前面说："他有钱也不会给你。"

阿逊弹开香烟，打量了下老武，说："行，那咱走着瞧。"

"瞧你要继续要饭吗？"老武说。

"恐怕他得去石头旅馆度个假。"阿逊说。

"那你得去陪他，只怕罪加一等，有我这热心老头证明你在敲诈一个小孩，你别想一走了之，我的记性很好，我记住了你的身高，你的长相，你嘴角的那颗黑痣，还有可笑的胡荏。"

"有意思的老头！"阿逊转身从后备厢里抖出个手套戴上，抽出把砍刀。

就在这个时候，我感到身边有股风吹过，老武甩出条皮带，狠狠打在阿逊的脸上，顿时出现一条血印。阿逊挥刀砍过来，老武侧身闪开，一脚踢在他肚子上，整个过程快得就像燕子掠过湖面。老武擒住了阿逊，把他的脸按进沙子中，这个可怜虫从嘴里不断吐出沙子。

"小兔崽子，我数三下就可以扭断你的脖子。"

"老不死的。"

"这可是正当防卫。"

老武用手臂锁住了阿逊，把他脑袋扭到一边，只听见阿逊颈椎发出咔咔的声音，就像竹子快要折断。我觉得老武劲头上来了，再这样下去，阿逊一定小命不保，就拉住了老武。

我至今还记得阿逊歪着脖子逃之夭夭的背影，这是我最后一次见他。有人说后来这小子在一个酒吧与人械斗时丢了小命，有人说他又回到了石头旅馆，管他呢。

"你居然不怕阿逊这种混蛋。"我对老武说。他曾经砍伤不下十个人。

"他自找的。"老武说,"你们不是同一类人,你该买件衬衫,找份工作,找个大屁股的老婆,生个淘气又可爱的孩子,这是你该做的事。"

我说我是混蛋,连个高中文凭也没有。老武说,朱元璋也没上过大学。如果想找个工作,他认识一些退伍朋友,或许能帮上忙。我回绝了老武的好意,我明白谁也不会用一个小混混。

我问老武有什么打算,老武说这个问题不该问一个病人,我告诉他,七十岁是好时间呢,史泰龙七十还在拍动作电影,而且我在短视频里看到有一种逆生长的水母,如果提取些基因之类的东西出来,人至少能活两个世纪。

"科学太可怕了。"老武望着窗外,说,"如果可以,想去一个叫托卡列夫斯基的地方。"

我的父亲变成了穷光蛋。二〇一六年的房地产调控使他吃尽苦头。那天,见到他,他坐在公园铺满鹅卵石的小径边,穿了件破旧的格子西装,手里提着一个装着几个橘子的塑料袋,他是回来躲债的。为了见他,我剪去黄头发,看着与大街上循规蹈矩的人没什么两样。父亲见了我说这是唯一让他高兴的事情。他说要我约上老武一起吃饭。

我们相约在一个街角的小饭店里,在一个靠窗的座位坐下。老武那天也拾掇了一番,他染黑了头,穿了件灰色夹克,脚上是一双棕色皮鞋。父亲弄来一箱二十年的红酒,点了一大堆菜,多到能让我们吃上一个礼拜。我们挥动筷子,愉快地将肉片塞进嘴巴,一杯一杯地干掉酒杯里的"解忧水",多么愉快的一个夜晚。

"浪费才是最大的美德。"老武说。

"如果一双袜子穿十年,恐怕所有工厂都要倒闭。"父亲嘴巴一鼓一鼓地说。

老武说自己这把老骨头已不属于这个时代,他不会炒股也不会买房，不懂互联网，也不会用手机，只能被扫进历史的垃圾堆。

父亲则说了一堆尔虞我诈的生意故事，有得意也有失意，大多都是些疲倦的牢骚，他欠了一屁股债，但还试图重整旗鼓，夺回失去的东西。他与许多商人一样，总是野心勃勃，能从石头缝中找到发财的机会，这也是我最佩服他的地方。

有那么一会儿，父亲呆呆地望着一扇窗，他像是忽然想起了什么，说："过去哪需要铝合金防盗窗。"

"确实。"老武说。

父亲继续说："五十多年前，我有个亲戚，是姨婆的儿子，被关在库房里，好在窗户没装笼子，否则准被烧死。"

老武显然被这个故事所吸引，好奇地看着他，"你那亲戚干什么的？"

"教书的。"父亲说。

"在哪？"

"解放小学。"

"解放小学语文老师？"

"没错。"

"什么名字？"

"王德清。"

"你再说一遍。"老武霍地站起来，缓缓地走向父亲，就像一个教徒看见了神谕，"王德清老师没烧死？没烧死？"老武喃喃地说。

"那时候没死，后来抽烟太多，一九九六年死于肺癌。"父亲说。

"哈哈哈……王德清没被烧死。"老武忽然大笑起来，笑肌不停地抖动着，笑声压过了饭馆所有声音。"妈的！那么多年了，我以为他被烧死了呢。"

　　我和父亲被老武的歇斯底里吓得目瞪口呆。老武拿起将一瓶酒一饮而尽，他青筋像蚯蚓似的抖动，和我们说了一个离奇的故事。

　　"那是个炎热的夏天，学校半停课，王德清老师到库房去找教案的时候，我恶作剧把他锁在了里面，他在里面骂骂咧咧，说哪个小鬼干的好事，要打他屁股。我觉得太好玩了。他越着急，我越开心。他越想出来，我越是不想让他出来。后来我被操场上一只白色肚皮的喜鹊吸引，竟把这事忘了。直到夜晚，库房因为电线短路引起火灾，我才意识到王德清老师还在里面。那场大火是如此猛烈，库房的油漆与木头桌椅都烧了起来，大火烧得街上刮起狂风，火焰染红了整个夜空，烧了整整一晚才被扑灭。从此我再没见过王德清老师。"

　　我依稀记得那个夜晚，老武像是焕发了新生，他的心结打开了，他时而大哭，时而大笑，还和父亲一同唱了些苏联老歌，他醉醺醺地说了一大堆事：他说要看着我慢慢长大，要喝我的喜酒，尽管我认为那还得等五百年；他说他想四处走走，见见老友；要买张开往北方的车票，体验时代的速度；他要到叶列娜的墓前，告诉她一个半个世纪的笑话；还和我描述了他想去的那个叫"世界尽头"的地方，有些什么灯塔之类的东西。总之，那是个难忘的夜晚，我们仨都酩酊大醉，饭馆伙计花了九牛二虎之力才把我们几个塞进出租车。

　　我本来想说个童话故事，老武的躁郁症好了，之后快活得就像公园中遛弯的大爷，实现了他所有心愿。但现实比童话无奈，老武死了，死于喝酒的那夜凌晨。这事让我觉得冥冥之中存在命运，一个人的谜底揭晓就会魂归西天。医生说是因为酒精和佐匹克隆片产生了化学作用，使脑血管破裂。据说他离开的时候很安详，嘴角还带着淡淡的微笑，房间窗户半开着，他应该正在看着夜空呆呆地出神。

市档案馆问我要了老武的日记，作为重要的文史资料，我从他房间中搬出了六大箱日记，但是这些日记并不完整，那些残缺的部分一直是个遗憾。虽然我从老武嘴里知道故事的经过，但我依然想知道他写了什么，是愤怒、后悔，还是慌张、遗憾。我翻遍了房间的每个角落，依然一无所获。

3.尽头

在一个冬天，我穿着旅游公司的马甲，举着小彩旗，带着一群富婆到俄罗斯买皮草与伏特加，我们在符拉迪沃斯托克转机，我脑子中忽然蹦出了那个叫"世界尽头"的地方。我立即办理了出关手续，跳上了一辆冒黑烟的拉达汽车。

司机一路飙车，边开边和一群朋友嘻嘻哈哈聊天。司机将我丢在了个悬崖边，一脚油门就跑了，应该很少有人到这个鸟不拉屎的地方。视野的尽头是一片白茫茫的冻海，几艘锈迹斑斑的驱逐舰横七竖八地冻在海上，刺骨的海风吹拂着悬崖上的荒草，崖边有一座已被弃用的灯塔。凛冽的寒风像刀子般划过我的脸颊，我用围巾把头包得只留条缝，我绕着塔基走了一圈，发现没有什么特别的，我试图找个门钻进灯塔，但是门早已被钢筋混凝土封死了。冷战结束后，这已经荒废了数十年。

我小心翼翼地从一条小径绕下悬崖，但是发现除了嶙峋的石头和一米多厚的冰面，什么也没有。远处的橘色的夕阳缓缓落下，这里马上就要进入黑夜。我顺着原路走回灯塔，坐在一块石头台阶上发呆，老武为什么要说这么一个地方？难道只是为了让我到这一望无际的荒凉之地吹吹寒风？正当我准备离开时，我看到台阶的一角有块不一样的石头，仔细看这块石头的纹理与别的石头不同，微微泛红，应该是从别的地方拿到这里的。我使劲翻开，露出一条石缝，里边藏着一个墨绿色的圆形军用话筒，像是有意藏在这里的。我拿了出来，拂去上面的灰尘，撬开布满小孔的盖子，清晰地看见里边有个卷起的本子。我的心提到了嗓子眼，小心翼翼地取出本子，封面上边写着：武援朝一九六六年六月—七月。我不敢相信自己的眼睛，老武四十年前的日记竟藏在了这里，我激动地大叫起来。

　　回到宾馆，我相信老武的日记完整了，我要将他一生的记录整理完毕，只有我能做这件事情，也只有我能证明他的存在。我打开日记，从头到尾翻了遍，没发现什么，我以为有遗漏，一页一页翻过去，除了日期、天气与温度外没留下任何字。我不知道为什么老武的日记是空白的，是不愿意让人发现，还是不愿意面对，又或者是等待一个像我一样的小鬼，去帮他完成记录？我不知道。

春

天

一

我揍了鼠一顿，若是再来一次，我还是会给他两拳。

这货偷看我的诗，他阴阳怪气地说："来来来，我给大家读一首诗！"我真想钻进缝里，当然要先把他埋了。这次给他点教训，下次一定把他脑袋打开花。

老赵伸出大手把我和鼠分开，他瞪着铜铃似的眼，说："胡闹！"他把茶杯砸在桌上，水溅满桌面，所有人呆若木鸡。

老赵是我班长。记得第一次看见他，我被他庞大的身躯所震惊，他应该有一米九，至少一米八八。他的身材如此高大，使他的头显得没那么大，他走起路来大步流星，至少能跨出别人一步半的距离。他的脸缺少笑肌，像大山一样不可亲近，有种望而生畏的气质。他一直是公司里的"严肃的巨人"，若是没达到他的要求，吹胡子瞪眼，骂起来会让人找不着北。

同事中流传着老赵中年丧偶的传闻，这是个不幸的故事，我猜这是他不笑的原因。对他来说生活就是工作，工作就是生活，他对工作以外的事情不感兴趣。这个世界上有许多种人，我与他肯定不是一路人。

接下来，我和鼠打架的事如何收场是一个问题。我不是传统意义上的"好同志"，坦白说，我已臭名昭著，闭着眼都可以想象在别人眼里的印象：一个笨手笨脚、离群索居的怪物。

我不想谈论工作，如果你很想知道，那我告诉你，世界上有一种叫电力线路工的工作，相信没有比这更糟糕的了。我所在的线路班，每天都在砍树开路、架线立杆、更换变压器、安装高低压柜、制作电缆头……我快疯了，你要知道，我读了二十年书，却每天都在做这些，相信老天爷都会流下同情的眼泪。有些老同志说，这是最锻炼人的地方，我只知道这是火坑。

上周，是我人生第一次上杆，我抱着一基十二米杆，电线杆轻轻晃动把我吓得屁滚尿流。八月的天气，我的头顶和背脊都快被晒裂了，汗水从脖子滑到背上，被晒干，然后再重新来一遍，那感觉就像是将刚揉好面的酥饼扔进微波炉，慢慢沁出水变黄又变焦。据说冬天也不错，一枚螺栓掉到你的脚上，恭喜你，你会像斗鸡似的跳上一圈，凛冽的寒风能掰下你的耳朵。

现在，你划开我的胸膛，一定有墨汁样的东西喷出来，不要惊讶，那是我多日烦闷积郁的结果。

其实我是想好好表现的，可就是不尽如人意。我以为自己的脑子不错，可别人说我蠢得和猪似的。在学校我热爱写诗，喜欢音乐，被老师欣赏，大家都爱死我了，现在却成为嗤笑的对象。

同事小鸡说："你嘛，好点的结果是背个处分。"我说："坏点呢？"小鸡说："坏点就是被开除。"我已做了最坏的打算。某一天，我会被领导叫去谈话，说违反一大堆规章制度还打架，辞退！想到要卷铺盖回家，我该如何与远在他乡的父母交代，就说我有恐高症？不适合这份工作，对！就这么做！

二

班前会上，老赵交代了今天的工作。他目光扫视所有人，颇有威严，说："明白没？"

"明白了。"我们齐声说。

"你来我办公室一下。"开完班前会，老赵对我说。

该来的来了，我已知道结果。我跟在老赵后面，跟着他走进办公室，我闻到了一股浓重的烟味。墙角堆着各种型号的令克棒、避雷器，一架经纬仪靠着墙角，资料柜里堆满了各种图纸、工作票、操作规范。桌上放着台历和一只充满茶垢的茶杯，里边还剩三分之一的茶水，像冬天池塘的枯叶，烟灰缸里的烟头已经形成小山包。我注意到桌上的玻璃板下夹着一张照片，是老赵与一个小女孩。小鸡告诉我说那是他女儿，两人站在海边，老赵双臂下垂，显得很呆板，女儿露出笑容。

"有件事情要找你谈谈。"老赵啜了一口茶水。

"知道。"

"知道？"

"知道你要教训我了。"

老赵没理我，说："听说你会写诗。"

我心想，老赵葫芦里卖的什么药？难道老赵不是说我和鼠打架的事？

老赵说："现在公司搞诗歌创作大赛，你可以发挥长处。"说完老张打印出一份通知递给我。

我看了一眼，说："写不出那种诗。"

"你写的是什么？"

本来我想说说古体诗和现代诗的流派，但到嘴边又吞了下去，觉得说这些很怪。

"反正写不来。"我说。

"多写写没坏处。"老赵喝下最后的茶水，旋上茶杯盖，拿着安全帽走出办公室。

我诧异的不是征文，而是老赵只字未提我和鼠打架的事，可能上头还在调查这件事情吧。国企嘛，总讲究办事流程。关于写诗的事情，则更加扯淡。我在便秘，一个字也拉不出。

三

现在，全县都在搞"上改下"，就是架空线改成地下电缆。之前的光缆、有线电视、电网的线路在城市上空形成了蜘蛛网，为解决这个问题，我公司将架空线移到地下，这对城市景观可是一大提升。今天，我们的任务是穿电缆。

老赵开了站班会，明确安全事项。他说："我强调三点，安全、安全、还是安全。"

"我和杨光下到 1 号井，小鸡、鼠去 2 号井。"老赵说。

几个队员朝我笑，我知道这一定不是好事。我可不想让他们看笑话，有什么大不了的。

一辆叉车蹒跚开来，降下两臂，叉进电缆井上的 U 型环，咣的一声打开井盖，恶臭像喷泉似的涌上来。梅雨天气的积水已有一米多深，井壁上充斥着蟑螂、蜘蛛和一些叫不出名字的虫子，毫不夸张地说再也找不出比这更脏的地方了。老赵拿了台抽水机将水抽到路边的雨水井中。他利索地爬下井，和我挥挥手，"赶紧过来。"我深吸了一口气，咬牙和他爬下去，井里弥漫着潮湿发霉的臭味，我感到头晕，想吐。

老赵用钢索扎好电缆，对着对讲机喊："我数一二三，就拉。"

"收到。"

管道的那头顿时响起了机动角磨机的声音，电缆缓缓地被绳索拉进玻璃钢管里，像黑色的蟒蛇蠕动着钻进洞中。我和老赵抱着电缆往里头送，小心翼翼地使电缆不被损坏。这时牵引绳不动了，电缆在玻璃钢管中颤抖，"停停停！"老赵喊道，角磨机在那头嗡嗡地停转下来。

"一定有东西卡住了。"老赵看了看管子，"拉回来。"

我们把电缆拉了回来，他对我说："找个可乐瓶。"

"可乐瓶？"我重复了一遍他的话。

"对，大的那种。"

我走到路边的小卖部，从垃圾桶里翻出个可乐瓶，递给他，他用牵引绳扎住可乐瓶，在玻璃钢管里先拖一遍，就像通下水道那样，沙沙地带出许多碎石子与污泥。

"不能硬拉。"老赵指着石子说，"否则，不是玻璃钢管裂了，就是电缆断了"。

"这真是个土办法"。我心想。

"学校可不会教你这些。"老赵拍拍我的肩膀。

我不喜欢说教，不过我承认这确实是个好办法。

一上午，我们都待在潮湿的电缆井里，完成了五百米的电缆施工。上来的时候，工作服湿透了，汗臭与井里的气味混在一起成为一种更令人作呕的味道。我脱掉安全帽坐在树底下休息，头发贴在脸上，汗水流淌下来，我感觉自己像是阴沟中爬出的甲虫。我拧开一瓶水灌进胃里，剩下的淋在头上，感觉好一些了。"先歇会。"老赵拎着一个气瓶去做电缆头了。

小鸡在我身边坐下，说："咋样？"

我低头没理他。

"今天还算顺利，有时一天都在井里。"他说。

"多久能习惯？"我问。

"快的话一年。"他看了我一眼说，"慢的话五六年吧。"他又说，"你看老赵，一晃三十年过去了。"

我沉默，说实话我佩服他们，从早忙到晚，哪里有故障，哪里就有抢修，周末随时待命。他们可能已经习惯，我是新手才会有此疑问。在之前，我打开空调，开启电视机喝着咖啡，觉得这是理所应当的，并不知道线路的另一头后面有一群忙碌的电工。好吧，我承认在这方面的迟钝。

四

就拿负责任这事来说，老赵确实是称职的班长，他愿意冲锋陷阵，我打赌在革命年代，他肯定会去堵枪眼，正因如此，班里的人对他特别尊敬。他就像玉皇大帝似的坐在中间，开会时说话掷地有声，没人敢窃窃私语，都觉得他的话很有分量。

小鸡憨厚得像小鸡，缺少文凭的他还是很上进的，业余时间都在自学电力课程，他的包里总是放着本《电路基础》和《自动化控制》。

"杨光，你说什么是特高压？"小鸡指着远处的一个正在建设的特高压换流站问。

我看了看那座 800 千伏的特高压换流站。"特高压就是正负800 千伏以上的直流电和正负 1000 千伏以上的交流电。"我像是在背书，此时我正用螺丝刀揭开一只正被蚂蚁搬运着的天牛。

"这个有什么用呢？"小鸡问。

"说来就话长。"我继续拨弄着螺丝刀。

"说说呗。"

"东部地区依赖火电，中西部地区有丰富的清洁资源，为了解决这一矛盾，需要远距离传输，把清洁电能从中西部运输到东部地区。"

"原来这样。"小鸡一副若有所思的模样。

"你看，那一座 800 千伏直流特高压换流站，就是西南的水电输送过来的，那可都是清洁能源，对东部地区的碳排放很有意义。未来一定是清洁能源的天下，火力发电会退出历史舞台。"我给小鸡描绘了一幅未来的远景。

"岂不是也可以把国内的电传输至国外，全世界也联个网？"小鸡顺着我的话往下说。

"只要世界各国放下成见，一定能实现全球能源互联网。"

我们看着一群蚂蚁谈论着科技与人类的未来。

"其实你和鼠也要放下成见。"小鸡笑着说道。

我一下把天牛撬到了土里。

"其实鼠没什么坏心眼，就是喜欢开玩笑。"

"我不喜欢这家伙，屁股上像装了发条似的喋喋不休。"

"他就是这样。"

"你知道吗？"小鸡说，"老赵在班组长会议上没有说你和鼠打架的事。"

"是吗？这可真奇怪。"

"他说是他管理没做好，不关你和鼠的事。"

"这么仗义？"

"他说你会写诗，是可教之材。"

五

我们的工程车在一个村口停下，宁静的村庄尚未苏醒，鸟啼与蛙叫此起彼伏，微风徐徐，竹林里的竹子随风摇曳。今天的工作是对高压线路进行改造，时间紧，任务重，六支队伍一起施工。

开完站班会，大伙戴上安全帽和棉纱手套，腰间挂上钳套与工具袋。老赵拍拍我的肩膀说："赶紧，小伙子。"

我们将橡皮墩子放置在道路中央，挥挥手提醒路人这里正在电力施工。我们将电缆盘架设在空地上，麻利地盘出来，就像裁缝干活前盘出纱锭，运行部门已协同将台区停电，看似简单的工作其实也需要多部门配合。老人和妇女都出来观望，队员们耐心地告诉他们很快就能完成，让他们稍作等待。

老赵套上脚扣，爬上了电线杆，熟练地拆卸下横担与绝缘子，扎上麻绳传递给我。我在下边将熔丝放进令克棒，再给老赵递上去。

老赵在上边拿起令克摇摇头说："不对啊！"

"哪里不对？"我说。

"熔丝型号。"

"啊？熔丝还有型号？"

"要50A的，你这是30A的。"

别的队伍都已经将令克安装完毕，准备下一道工序了。老赵爬下杆，找出另一组熔丝装上。我有些羞愧。

这时别的组已经施工完成，只剩下我们这组。

老赵在上边大汗淋漓，我用麻绳扎住瓶水。他提上去，一饮而尽。

我估计这辈子也做不成熟练的线路工了，我的样子像只闯祸的小狗。

老赵合上最后一把令克，工友们拉上闸刀，整个村庄顿时恢复了生机，电风扇悠悠地转起来，空调呼呼地吹出了凉风。村民们阵阵欢呼，他们倒了凉茶来招待我们。老赵谢过喝下，感觉一股清流从嘴流到肚中，他擦了擦嘴，打了个饱嗝，干完活喝水似乎比平时更加清甜，老赵递了一杯给我说：

"要多动脑筋。"

"我也想做好。"我说。

"做之前想想准备哪些材料，下道工序是什么，做到心中有数，一根根水泥杆，看着挺简单的事儿，其实上头各种导线、拉线、令克、避雷器型号好几百种呢，做我们这行一定要心细。"

我低着头不知说什么。

"慢慢来。"老赵说。

"你也有做错的时候吗？"我问。

"当然，吸取教训了就是好同志。"

"否则呢？"

"否则?"老赵指着远处田里一头若有所思的牛说,"问它吧。"

六

我已经适应了班组的生活,老赵每天都会教我一些技能,我感到很充实。向他提问时,我不会觉得难为情,我像是个孩子似的,什么都问,从材料名称到施工方法,有时自己都觉得问题真是可笑。老赵却很包容,他鼓励我多问,也乐意解答,有时候会连比带画举个例子。有一次他为了排干净配电房屋顶的雨水,拿了根皮管堵住两头,上演了"虹吸抽水法",把我看得目瞪口呆。他说家里抽黄酒也是用这方法。

我和鼠之间也和解了。上周,我和他打赌谁会被抽去调考,这小子赌小鸡,结果他被抽到,哎呀呀地叫苦连天,逗得我哈哈大笑。

在一个微风徐徐的周末清晨,老赵邀请班里人去他家吃饭。一大早,我一骨碌爬起来,照了照镜子,发现从毕业到现在时间不长,脸已经晒成古铜色,脖子上是深色的倒三角,颇有男子汉气息。这确实是一副标准电工的打扮,虽然不怎么吸引人,但比起刚走出校园的愣头青要好很多。

老赵开着那辆柳州五菱来接我们,他轻松地打着方向盘。车像一只小羊欢快地在山间奔跑。我们说老赵看上去心情不错啊,小鸡说:"女儿回家当然开心。"

"噢!"我们把音拖得很长。

老赵住的村庄叫赵宅,村民绝大部分都姓赵,据说是在抗战时期从邻省迁徙而来。村庄坐落在距离县城三十公里的一处山坳,一条蜿蜒的水泥路将房子连接起来。他家的房子新造没多久,边上还能看见一些土房子,都已作为柴房使用。村边是大片茶叶地，每到采茶时节，村里都弥漫着茶叶的香味。那段时间热闹极了，许多城里人开车到这里来买茶叶。

老赵带着我们在附近走了一圈，一派田园的风光，一条小溪缓缓地流淌着，溪底依稀可见一些小鱼。大家蹲下洗了洗脸，空气沁人心脾。不远处一个老妪拿着棒槌用力地敲打衣服，衣服在溪里冲洗，舒展开来，老妪朝老赵点头笑了下，没有门牙。没有了汽车的噪音与商场的促销声，简直是世外桃源。

"该吃饭了。"传来一个女孩的声音。

我们回过头，看见一个女孩：瘦高的身材，黑色T恤，头发垂落在肩，皮肤白皙，露出一只有耳钉的漂亮的耳朵，胸前挂着一个赭石色的坠子，碎边牛仔短裤下是匀称的长腿，三叶草板鞋一尘不染。

"都这么大了！"队友纷纷说道。女孩不好意思地转过头去。

我脑中闪现出老赵办公桌玻璃下的那张合照，心想：老赵啊老赵！你也不换张照片，十几年前的照片还放在那。

"老赵，你的基因可以啊，你五大三粗，女儿那么标致。"队友起哄。

"基因突变。"老赵笑了。

这是我第一次看见老赵笑。

老赵准备了一大桌餐，都是他女儿的手艺，我们愉快地把菜塞进嘴里，说："人美厨艺好。"

老赵说："大家难得来，等会儿还有个大菜……"他欲言又止，拔出根烟，用香烟屁股在桌上弹了弹，"这些日子，大家都辛苦了，在我这就不要客气了。"老赵招呼着大家，拿起酒杯碰了下。

从闲聊中我得知，老赵的女儿叫小夕，音乐学院毕业后回到了老家。我思忖着：难怪气质脱俗，原来是搞艺术的。

忽然听见阵阵狗叫，老赵挥挥手示意大家安静下来，老赵忙跑进院子，拿出一把锄头，丢给我一个麻袋和一条铁链，模样像敌后武工队。"走！"他说。我和他飞快地跳上了一辆三轮车，小夕也跟了上来。

"什么情况？"我问。

"到了你就知道了。"小夕朝我眨了眨眼睛。

我们来到一处断墙边的荒地，一条黑色野狗被兽夹夹住，又蹿又跳，嗷嗷大叫，咧着嘴露出尖锐的牙齿与鲜红的牙龈。

"夹得住吗？"我尽量在小夕面前表现出勇敢的一面。

"放心！"老赵语气肯定，他应该有多次捕狗经验。

"这畜牲吃了不少村里的鸡，搞得村民很头疼。"小夕说。

老赵用铁链将野狗吊起，挥挥手让我过去。我拉住铁链，老赵张开麻袋将野狗套起，野狗在麻袋里窜来窜去。老赵把麻袋扔到车上。

我拉住铁链胆战心惊地说："你确定它不会窜出来吗？"

"你看紧点就不会！"他将锄头扔给我，就像工作时的口吻。

我用锄头小心翼翼地杵着麻袋中乱窜的野狗，防止它跳出来。

这是怎样的场景：我、小夕还有一只困住的野狗坐在车斗里，我一边装作若无其事的样子和小夕聊天，一边拿着锄头要防着这穷凶极恶的野狗。

"你爸怎么什么都会？"我找了个话题。

"他呀，毒蛇、野兔、山麂什么没抓过。"

"他是个猎人。"

"上次捉一条蛇，一圈圈地缠绕着他的手臂，他拿手扣住蛇颈，蛇信子呼哧呼哧地吐着。"小夕说。

"什么事都讲究方法。"老赵上了车回过头来说，"就像做线路。"说完他拧动了三轮车。

我第一次看见工作以外的老赵。老赵的女儿是如此美丽，我们互相留了微信，她的头像是一张站在海边的照片，远处的夕阳落在她的额头上，她的长裙被海风吹散像是飞舞的蝴蝶。我想或许是因为上天觉得老赵辛苦了一辈子，送他一个美丽的女儿。

七

秋天不经意来到，阳光已没有力度，枝叶上露出点点浅黄。我和队友在山坡上打了桩，固定住角磨机，竖起了人形抱杆，大家一起喊："一二三，放！"把一基十二米的水泥杆对准了基坑放下去，然后用铁铲填上土。干完活大家已是一身大汗，我们想找块树荫休息下，老赵朝我们挥挥手，示意我们快点去下一基杆施工。

老赵不苟言笑是为了更好地将工作做好，线路工这份工作不容许嬉皮笑脸。有这么一小会儿我会从老赵的眉宇中看到小夕，他们的双眼皮都显得含蓄而内敛，直挺的鼻梁，窄窄的鼻翼。好吧！我承认脑子和糨糊似的，一不小心就会想起小夕清秀的脸庞以及胸口的那赭石挂坠。我试图打个电话给她，但每次拿起手机又不知该说什么，于是又放了下去。

忽然手机跳出一行信息："听说你会写诗，能帮我的曲子填上词吗，大诗人？"

我简直不敢相信自己的眼睛，信息来自小夕，我敲了敲脑袋证明自己不是在做梦，天哪！在我没给她打电话的时候，她居然主动给我发了条信息。我斟酌半天，仔细看看有没写错字，回复："无比荣幸。"

她发了一张图片给我，是歌谱，字迹端正隽秀，四四拍的乐曲，每个和弦都用红色的笔标出，起始用 G 和弦。

"开头用大三和弦，是首阳光的歌曲啊！"我说。

"我就想写一首阳光的歌。"

我试着按照音谱唱了会，眼前浮现出小夕的形象，纤细高挑的身段，迷人的笑容，俏皮的发梢，可爱的小耳朵，以及一尘不染的白鞋。顿时思如泉涌，在谱的下边填上了词。

八

下班后，我飞快地回到房间，洗了澡，换了干净的衬衫，身上弥漫着沐浴露的香味，我觉得自己焕然一新，手臂甩得老远，大步流星地赴约。

我准时出现在咖啡馆中，我环顾四周，在靠窗的位置看见了她。这一次她将头发向后梳起，在后脑勺梳成了一个丸子，露出清爽的额头。她正在漫不经心地翻着一本杂志。她穿着一件短袖女装，袖领上有个花边样的装饰，穿着束腿牛仔裤，露出脚踝，像早晨的微风。

她同我莞尔一笑。我拿起菜单点了份牛排和橘子水，我把菜单给她，她要了份卡布奇诺和一份提拉米苏。在她点菜的时候，我感觉心跳很快，迅速在脑中搜索话题，冷场简直会要了我的命。我说："你的微信头像是你吗？"

"在大岛拍的。"

"大岛是很大的岛吗？"

她摇摇头，说："在夏威夷群岛，大岛是夏威夷群岛中最大的岛屿，我用做家教时挣的钱去旅游了一次，那里有海水、火山和原始森林。"她说话时，那些景色仿佛在她眼前浮现。

"真羡慕你。"

"要把生活过成自己喜欢的样子。"

"人才是世界的尺度。"我脑中跳出一句格言。

她扑哧笑了起来，"我们为什么要说得这么哲学？"

我拿出了昨天的歌词递给她：

告别孩提的我，站在山岗。
冬日的冰雪，落在了我的肩膀。
我虽然身穿粗布，性格也不够开朗，
但你的笑容，终究会让我见到阳光。

踮起脚尖的你，站立在沙滩上。
海边的朝霞，映红了你的脸庞，
我虽然不会写歌，琴声也不够明亮。
但这些歌声，终究会带到你身旁。
……

她读了遍，嘴唇一动一动。她的双颊闪现出红晕，就像夏季傍晚天边的夕阳。她低下头喝了口卡布奇诺，微微地抿了下嘴唇，"能不能再多点阳光呢，再递进一些呢？"

"你的意思是升华主题呗？"

"若能和生活结合起来，那一定很棒，这首歌叫'春天'怎样？"

"不错的主意，让我想想。"我看着桌上的提拉米苏说，"你的厨艺不错哦。"

"很早以前我的妈妈就去世了，爸爸都在忙工作，只能靠自己，好了不说这些了。"她看着我说，"我爸说你很有才华，是个可塑之材。"

"你和你爸的口气怎么一模一样，他还让我参加诗歌比赛，可是我觉得自己写不了那些诗，被他骂惨了。"

"我爸这人怎么说呢，你要摸透他脾气，其实他一点也不凶，毛要顺着捋。"说完她用手轻轻比画了下。

"我发现只要不偷懒，工作做好，还挺好相处，他肚子里有好多办法，没什么能难倒他。"

"他是一名老电工，小时候，多少个夜晚，一个抢修电话就出去了，留下我在家里。"她摇动咖啡匙，咖啡在杯中旋转了起来。

"你回来准备做点什么呢？"

"做音乐老师，做自己喜欢做的事情。我也只能做老本行，难道像你们一样做电工吗？"

"那一定不适合你。"说完，我拉起袖子给她展示太阳暴晒后的痕迹，胳膊上深浅分明。

"那才是男子汉，"小夕盈盈一笑，"和古天乐一样。"

"你爸才是真汉子。"

她将最后一点咖啡喝完，说："我还要回去看书，准备教师资格考试呢。"

九

我每天从醒来的那一刻开始就会想到小夕的脸庞，生活真是美好，我发现与她有许多共同的话题，我们对于音乐、文学有许多共同的见解。

这一次在图书馆，我们找了个座位坐下，她拿出一本《美国伯克利音乐学院教材》，这是一本权威的乐理教材。我随手从书架上翻出一本《了不起的盖茨比》，封面上的莱昂那多·迪卡普里奥穿着黑色的西装得意地笑着。

"我也喜欢菲茨杰拉德。"小夕不经意地说道，"村上春树曾说：'许多年来，每次翻开《了不起的盖茨比》都没有失望过'，这是多么高的评价。"

听后我非常震惊，因为我也是通过村上春树的小说，才喜欢上菲茨杰拉德，这相同的轨迹让我吃惊，我说："村上的小说有美国味，也不失日本的细腻，你喜欢他哪一部小说？"

"《世界尽头与冷酷仙境》吧，从那一本开始，村上的隐喻式表述日渐成熟。"

"但是里边的女性人物形象不饱满，你记得里边哪个女性角色了？"

"好像没有，我可能没关注女角色吧。那你觉得《挪威的森林》怎样？"

"这是他的成名作，虽然很多人说这一部作品文学性较低，但《挪威的森林》人物性格塑造的是成功的，无论渡边、永泽、绿子、直子都令人印象深刻，《挪威的森林》确实是里程碑。"我说道。

边上一个戴耳机的女生正在看高中物理，她顶了下眼镜，以一种奇怪的眼神朝我看了下。

我压低声音说："我更喜欢《海边的卡夫卡》，那是村上创作的一个高峰，两条线索互相交织，是俄狄浦斯的现代版，故事不俗套，又有隐喻，里边的我、田村卡夫卡、中田、佐伯性格各异，有着各自的命运。"说完我模仿田村卡夫卡的模样说："你好，我是十五岁勇敢的少年。"

"对对对！你模仿得很像！"小夕捂嘴笑了，眼睛弯起像一轮上弦月。

手机响了，小夕接起电话，眉间蹙了下，像是天边飘过几朵乌云，她趴在桌子上，头发散落下来。

我低下头问："怎么了？"

"差了一分，教师资格考试。"说完她又趴在桌上。

我心里不是滋味，尝试着去安慰她，但又不知该怎么说，我拍拍她的肩膀说："下次一定可以。"

她还没抬起头，整个空气都弥漫着不好的情绪。我趴在桌上凑近她的耳朵说："有些话像是老生常谈，什么不经历风雨怎么见彩虹，但也确实如此，我身边几乎所有人在毕业到工作这段时间都度过了一段艰难的岁月，这是一道坎，告别学生时代，身份的转换，环境的变化，伴随着迷茫与焦虑，但生活总会向好的方向发展。"

"或许吧！"小夕嗟叹。

"在学校只要按部就班的就可以了，现在可没什么标准答案，要处理好同事和领导的关系，还要找到真实的自己，就像我做的那样。"

"你与自己和解了吗？"她好奇地看着我。

"或许吧。"我握住她的手，她并没有松开，她的眼睛有些晶莹，她微微点头，用手捋过一丝头发，"那就再努力一下呗。"说完她看了看窗外。

我不清楚这些话对她有没产生正能量，但我确实认为她是个乐观坚强的人，考试差一分这事情换谁都会捶胸顿足。

窗外暮色渐深，行人匆匆忙忙，秋天的落叶随风吹起，又四散在草地上。

十

"跟上！"老赵夹着记录簿，拿着登山杖一步一跨地走在山坡上。我拿着红外线测温仪，鼠背着工具包，气喘吁吁地跟在后面。

今天的任务是巡线，老赵对这条路太熟悉了，闭着眼睛也能爬上去。我们在一块大石头上坐下，冬日的山林总是那么萧瑟，树叶落尽后显得沧桑而庄严。

还没爬到山顶，我的额头已有汗滴。老赵从胸口拿出水笔，咬开笔盖，唰唰地在记录簿上写了起来。鼠抱着拳说："真冷，快下雪了。"

一阵寒风吹来，汗水失去温度，我们将脖子往衣服里缩了缩，加紧步伐。

　　这条路与其说是山路，不如说是从树丛中穿过。鼠说老赵的步子跨一步，他要跨两步，所以更费体力些。我不去想这话有没有科学依据，只觉得大脑放空可以减少能量消耗。

　　"地上有兽夹，眼睛要放亮。"老赵说。

　　有雪片打在树叶上，发出沙沙的声响。

　　"第一场雪来了。"我说。

　　"二○○二年第一场雪，比以往都来得早一些。"鼠七声八调地哼起歌来。

　　老赵看了看记录簿说："下山吧。"

　　我点点头，看着远处起伏的山岚，这里不久就要被大雪覆盖。我收拾好工具，转过身时，老赵喊道："小心兽夹！"他一把将我拽了过去。我猛一回头，看见灌木丛中放着一个圆环状的装置，上边的锯齿令人不寒而栗。老赵滑了下去。我和鼠惊呆了，追了上去，我试图拉住老赵，老赵翻了好几个跟头，他试图抓住一棵松树，但没有成功，重重地摔在一块石头上。他身上粘着落叶与泥土，直挺挺地倒在山坡上。我跑上前去问老赵怎么样，他痛苦地指了指腰，"脚麻，动不了了。"

　　"老赵！"我们扶起老赵，他脸色苍白，痛苦地皱着眉头。

　　我和鼠说。"你抬后边！我抬前面！"

　　老赵身体很重，我和鼠使出全身解数，跟跟跄跄地将老赵抬起来。

　　越来越多的雪落了下来，我脱下外衣，盖在老赵身上。脑中仔细搜索来时的路。雪水模糊了眼帘。头上、身上已是一层白绒绒的雪花。我心想，老天保佑，老赵因为救我才摔倒的，一定要安全送他下山。这时我才发现下山比上山难，我们不仅要抬老赵，还要注意不滑倒。我努力搜索着下山的路，整个山坡都已逐渐变白，路已不是那么清晰，我感到迷路了。

"顺着杉树林往下走！"他边说边用手护住腰。

我和鼠走一步滑一步，头发眉毛都已粘着雪花，因为用力过度，小腿肚不自觉抖动起来，脚、鞋子全是泥土，大雪已将蕨类植物覆盖成白茫茫的一片平地，我集中注意力寻找方向，不时地甩下头上的雪。终于我看见了一条深灰色的沥青公路，就是我们来时的那条路，黄色的工程车在路边开着双跳灯焦急地等我们。我和鼠大叫起来，队友们都来接应我们，将老赵抬上了车，往医院直奔而去。

<h2 style="text-align:center">十一</h2>

医生拿着 X 光片，说老赵的脊椎第七、八节骨折，需要马上动手术，还说不排除有瘫痪的风险，听见这个消息我脑子一片空白。

我与班组成员站在门口焦虑地等待，小夕跑了过来，她脸色苍白，声音抖动，是我不曾见过的紧张。穿着白大褂的医生进进出出，我们不放过任何机会询问手术情况，医生每次的回答都是"正在进行"。

我拉着小夕找了座位坐下，我试着安慰她，说老赵身体硬朗不会有事。我告诉她医生总是会把事情说得严重一点，其实事情远远没有到那一步，最坏是十分，现在也就是三分的样子。我还编造了一个故事让她宽心，我说一个发小在四楼捉鸟时摔下，摔断了腰，现在依然走路带风，能游泳能打球。小夕沉默不语，她将头靠在了我的肩膀上。

在度过我人生最漫长的三个小时后，手术门打开了，老赵躺在床上，麻药没过，身上插着管子，他还没有醒。医生说手术已经完成了，腰部碎骨已取出，并拿起一块托盘让我们看。我看见一段手指大小粘着血肉的碎骨，我觉得自己的腰也被刀剐了下。

医生告诉我们，已给老赵装上了支架，并拿出一张 X 光片。我们看见老赵的腰两侧赫然有白色的钢针，小夕眼泪夺眶而出。医生说今后能否恢复要看康复情况。

麻药过后，老赵睁开眼睛，朝我们看了看，重重地呼出一口气。

看得出来老赵的腰部还是很疼，他眉头紧锁，嘴唇紧闭。我握紧他的手，说手术顺利，很快就会好起来。老赵握着我的手轻轻晃了下。小夕用棉签蘸了点水，在老赵的嘴上轻轻抹了一下。我们随后就和小夕别过，让老赵好好休息。

手术过后的第三天，老赵气色恢复了许多，虽然身上仍插着管子，但已能进食。我给老赵削了个苹果，切成小块，他大口吃起来。他说："不中用了，摔一跤就成这样了。"

"都是我……"我鼻子一酸。

"没事。"老赵说，"我不在，工作上要多上心哪。"

我眼睛红了起来，小夕递给我一张纸巾，她将脸转了过去拭去眼泪。

"你和我不一样，你要走得更远。"老赵说。

我紧紧握住老赵的手，眼泪夺眶而出，眼泪啪啪掉落在被子上。

他微微笑了下，说："遇到困难别着急，要沉住气。"

十二

工作上，我从领料、配料、工作计划到安全措施，每个环节都好好完成。当把班里的事情一肩挑起时，我有身负重任的感觉。遇到困难时，我会时常想起老赵，我渐渐领悟到老赵在管理上的艺术：要使班组里有凝聚力，那就必须要将班里的每一个成员当成家庭的一分子，上班时大家是同事，下班就是朋友；要明白每个班组成员的性格与诉求；有的成员神经大条，有的成员敏感细腻，不同的队员需要不同的管理方法。

时间过得很快，一个月后，老赵已能下地行走，小夕监督他戒了香烟，也很少喝酒。公司考虑到他的身体状况，安排他去内勤管理岗，聘他为内训师，凭借他的经验与技术教授新的电力人。

小夕在准备音乐教师考试，她又拿出那本《美国伯克利音乐学院专业教材》，边看边做记录，看得出来她做事相当用心。虽然生活中有许多困难，但她总能坦然面对，眼里总有一缕阳光。

我已成为班组负责人，在广袤的田野与山林中，投身到轰轰烈烈的电网建设中。一天早上，小鸡高兴地说："你的诗得了一等奖。"我没反应过来发生了什么，小夕也打电话来庆祝，我才明白她偷偷将我的诗拿去投稿了。她一直没告诉我这件事，但我还是非常开心。

在一个阳光明媚的早晨，我带上老赵和小夕，开着他的柳州五菱来到赵宅的山岗上。冬天的积雪已经融化，鸟儿在天空倏然掠过，枝头嫩芽勃发而出，我和小夕扶着老赵缓缓地走着，望着远方的山岗，明媚的阳光照耀着整个山谷。老赵指着远处的800千伏换流站，说："时间真快，工程完成了。"

我说："是啊！快得难以置信！"

"还记得一年前的你吗？"老赵对我说。

"往事不堪回首。"我说。

小夕指着远处的山岚："你们快看，真像非洲草原上迁徙的象群。"

我说："万物有灵，春天来了。"

告别孩提的我，站在山岗上。

冬日的冰雪，飘落肩膀。
我虽身穿布衣，性格不够开朗，
但你的身影，带我走出迷茫。

踮起脚尖的你，站在沙滩上。
天边的朝霞，映红了脸庞。
我虽然不会写歌，琴声也不够嘹亮。
歌声，终究会飘到你身旁。

高高的铁塔，矗立在田野上。
丝丝的银线，翻越山巅。
我虽木讷寡言，会迷失方向。
冬去春来，阳光终究照耀我去往远方。

　　小夕哼完《春天》，朝我莞尔一笑，将头靠在了我肩上，发丝轻轻掠过我的脸颊。我握着老赵的手，他凝望远方，眼神平静而深邃，脸庞的纹路在阳光下就像群山的沟壑。大自然在岁月变换之间，在失望与希望之间生生不息，我感到一股强烈的春天气息扑面而来。

新

人

我那个中年转运的大舅最近感觉少了件东西，但说不出是什么。要说身体，心肝脾肺肾都没问题。身体外就更不是了，那一百平方米的安置房和几十万拆迁款，无疑是天降喜事。我舅妈说，他是吃饱闲饭尽塞牙，没事找事。

大舅曾住在樟树村，村被征用。安置小区在一座电动汽车工厂边。厂房是新的，小区也是新的。楼下饭店、理发店、洗车店相继开出，热闹得像集市。大舅住在六楼，带个露台。他说："以前住的是独门独户，像别墅，现在上楼像爬山。"

每次去看大舅，他都在昏暗的房间中似睡非睡，窗帘紧紧拉上，空气中有股高粱酒的气味。他胡子拉碴，头发乱得像秋后的秸秆，一副无精打采的模样。

我有个同学是精神科大夫，于是帮他挂了个号。大舅半推半就，一副大姑娘上轿的模样。他以前去医院都是看牙疼与脚气，配上两板药丸便风风火火离去，如今去看自己也不知道是什么的病，心虚。但无奈于我们的坚持，也就去了。

医生没有想象中热情，给大舅开了几盒调理补气的中成药。医生边敲打着键盘边对着闪烁的屏幕说，睡前喝点牛奶，听点轻音乐可以放松。大舅怯生生地问："是轻点的音乐吗？"医生说："抒情的。"大舅有些迷茫，"噢！抒情的。"医生转头对我说："你给他找点班得瑞的音乐。"我说："好。"大舅说："《茉莉花》可以吗？"医生看了他一眼说："可以。"

小时候，我常到樟树村里玩。那时交通不便，铁皮三轮车经过时，我在路边伸直手臂做出麻雀飞翔的手势，车便停了。上车后，我蜷缩在车斗中，经过一小时机耕路便到村口。大舅每次都开着那辆形似螳螂的手扶拖拉机来接我。大舅皮肤粗糙，但肩宽体壮，浓眉大眼，年轻时也是个标致青年。舅妈说，稍加拾掇，穿上夹克，大舅像极了国家干部。对于相识，他们则各执一词。舅妈说，大舅苦苦追求，她才勉强答应。大舅却说，舅妈向他发出了明确的信号。

　　大舅的拖拉机堆满了他种的菜蔬新果，四季豆、卷心菜、萝卜和西瓜，村民都知道他种的西瓜又脆又甜。大舅开拖拉机的模样虎虎生风，路上的石子被轮子碾得噼啪作响。他能灵巧地避开母鸡与野狗。那时，会开拖拉机无异于令人崇拜的技师。大舅在村里承担着载人运货的任务，从不收取资费。大舅做人爽朗，不斤斤计较。上门来客，都会留请吃饭，走时送上时令蔬菜。别人若是借了东西未还，他也就一笑而过。

　　樟树村的得名是村口的大樟树。树干瘤木虬结，树底下像蹲马步似的岔开，留有一道大缝，刚好可以钻过。小时候，我和表姐常钻进钻出玩捉迷藏。大舅看见便摇头说，好玩的不玩，玩钻裤裆。表姐带我爬上村口那棵大樟树，她抓紧树干，一蹬便翻了上去。我们常常看见一种体形似鸽子的鸟立在树冠，白色的肚皮，灰色的翅膀，一束尾翎向后冲起。我和姐姐意图去捉住那鸟。我们一接近，它便扑棱棱飞走，十分敏捷。大舅说这是布谷鸟，吃害虫的。

　　每年三四月份，大舅便会带我去挖笋。屋后那片篁竹山林，微风拂过，飒飒作响。他们说竹根在地上形似渔网，我颇为诧异。笋头露出地面一厘米，藏匿在枯黄的竹叶和残竹间，很不好找。但大舅很快便能寻到。我问他有何方法，大舅说，寻笋尖不是用眼睛，而是用鼻子，笋尖有一股淡淡的清香味，像栀子花苞。这让我不可思议。但是我从他似笑非笑的表情中知道是在胡说八道。大舅的脚敏捷地在地上游走，那双军绿色的解放鞋就像一条灵活的蟒蛇。他能感受到泥土的松软和微微隆起的土丘。找到后，他便挥起锄头，挖开笋边的泥土，使整截笋裸露朝天，像一枚炮弹。大舅把锄头杵在笋根，"咔嚓"便起了出来。不用一会儿，我们便挑着满当当的竹笋下山。

早在二十年前，大舅就可以迁来城里。外公是民兵转业，在二十世纪八十年代有个政策，能让家里一个儿子去化肥厂当学徒。大舅是家中干活的顶梁柱，二舅刚好初中毕业，家里便让他去。二舅进入工厂后，把户口迁进了城。那时城市户口足额发放粮票、布票、油票，好过农村太多了。

二舅和大舅虽是兄弟俩，可长得不像。大舅瘦高，二舅矮胖。小时候二舅调皮，外公拿出竹条要教训他，都是大舅挡在前边。每次揍一个，便揍成俩。二舅被人欺负，大舅都会挺身而出。有一次二舅额头被人打破了，大舅操着板砖也让那人见了红。

一九九三年，化肥厂改制，二舅买断工龄，做了许多行当。卖过苗木，开过出租车，都不挣钱。后来又搞起家具厂，前店后厂，专做实木家具。时来运转，一度做得风生水起，厂里生产桌椅、五斗柜、沙发、双人床，材料以水曲柳和榆木居多。每年五一与国庆假期，顾客来来往往，店门口车都停不下。那时，我去二舅家玩，他家装了台窗式空调，大热天凉风呼呼地往外吹，令我羡慕不已。

二舅每次回樟树村，都会带来城里新的见闻。城市修地铁了，路也变宽了，盖了许多五星级酒店。他每年都给我们带上许多好吃的。牛肉干、可乐和薯条。我记得在一九九三年第一次吃薯条的场景，我从没有吃过这般好吃的零食，香香脆脆咸咸的。吃了还想再吃，停不下来。

二舅俨然成为家族的骄傲。他每次回来都是风风火火，手机有接不完的电话，吃顿饭便匆匆回去。虽然他也会和我们开些肤浅的玩笑，但是我感到他难以亲近，像星星一样遥远。二舅有次和我说："你大舅就是食古不化。"我说："什么叫食古不化？"二舅说："头脑不活。"

告别农事的大舅，在新家无所事事。他去城里转转，发现已不会开车。现在街上到处都是交通探头。单双行线，公交车专用道，限行区域……已把他绕晕。只有在菜场，方能显出他的专业。他对菜贩子颇为不屑，说卖的都是歪瓜裂枣。一瞅便知西瓜泡过水，萝卜是空心。他说，番茄要挑选母的，母的茎蒂六叶，公的五叶。母的沙瓤多汁甘甜，公的寡淡干涩。他买五花肉时，轻轻一戳，便知肉质。

大舅走在大街上却像个孩童。买菜要用手机扫码，坐公交车要市民卡，坐火车要用手机软件。他一面喝酒，一面摇头：老了，老了。他每天都待在家里，一醒来就看着天花板，本来可以在田间种菜，现在在家看着日升日落，生活了无生趣。想着余生都将无所事事，不觉悲从中来。舅妈给大舅买了两粒闪闪发亮的健身球，让他去公园散步，说城里退休老人没事便背手遛弯，甚是悠闲。大舅拿着健身球把玩数日，便扔在一旁。

小区的住户来自五湖四海，这使大舅颇为苦恼。以前买烟去光头家，补瓦找根健，电工找赵虎，都是左邻右舍，还能牵上亲戚关系。现在同幢楼，操着南腔北调。有附近的工人，有刚毕业的大学生，还有拆迁来的村民，更多的是陌生人。

大舅习惯见人打招呼，他喜欢在树下与人抽烟攀谈。好玩的，好吃的，里里外外的事都聊个遍，聊到兴致时便一同喝酒。

一碟花生米，一盘炒猪肝，四两高粱烧便可打发一下午。

大舅喜欢自己做酒喝。每年冬至前夕，大舅便会烧上二三十坛，放在屋后地窖中。我一直忘不了他烧酒的情景。大舅喜欢高粱烧，说曲味小，喝多了不头疼。他烧酒的模样，不像庄稼汉，像工程师。

大舅有件蓝色的围裙，做酒时便会穿上。他拿出一口铁锅，蒸上高粱。我也曾学着大舅的模样，把手插进温热的高粱中捏玩，感受着高粱的软糯与香味。大舅将高粱浸到钢筋锅里，又从一个瓮中舀出粉状的酒曲，放进锅中发酵。我对发酵过程很好奇，耳朵贴着锅，隐约能听见细若游丝的声响，就像汽水冒泡的声音。我真想打开锅盖看看，每次都被大舅厉声制止。他按着锅盖说："不该看的不能看。"我问："为什么不能看？"他想了想，说："里边有女孩子洗澡，小心长针眼。"

十五天后，高粱发酵完成。大舅掀开锅盖，一股酽冽的酒味扑面而来，他拿出打火机在高粱上点，能看见淡淡的火苗。他将高粱盛进一个更大的铁桶中，铁桶架得很高，顶上有根横管，蒸馏出的酒从底下一个龙头中滴出。大舅伸出手指，沾上一滴放进嘴里，以此判断酒精度数和温度。他还给我尝了几口，辣得我眼泪直冒。

酿完酒便是冬至，全家人来到外婆坟前祭拜。然后吃上一席晚餐。远近亲戚聚在一起有十几桌，上百道菜。欣欣向荣的场面堪比过年。大人们常常喝得酩酊大醉，边喝边划拳，非要分出个胜负。

大舅觉得楼里每个人都见过，又都不认识。有时迎面走来一人，他会点头微笑，可是别人没这习惯，使他颇为扫兴。他觉得看见当作没看见，是相互龃龉的表现。后来他适应了，采取了"敌不动，我不动"的策略。别人没打招呼，他当作没看见。别人对他打招呼，他立刻点头。

这时，宝生出现在了大舅的视野中。这个额头发亮、体形微胖的小伙称大舅为哥，打发了大舅许多烦闷时光。他们一起出去钓鱼，又在一起喝酒。他们享受劝酒的乐趣：

“哥，你酒量比我好，多倒些吧。”

“没有没有，我酒量不好，酒风好。”

“我干了，你随意。”

“都干了，再倒上。”

宝生很早便从农村来到城市。他干过很多行当，开过出租车，卖过手机，做过房产中介。宝生的口才颇好，对国际时政谈笑风生。大舅与他喝酒时，也听到许多新奇之事。宝生说，世界经济掌握在一个叫罗斯柴尔德的家族手中，这个家族有着很大的权力，深刻影响着世界大势。他还说，美国其实已发现外星人，关在一个叫五十一区的沙漠地带。就是因为外星人暗中协助，美国才造出了原子弹。这些言论听得大舅一愣一愣的。大舅十分佩服宝生的博闻强记，有时还根据吸收的知识进行逻辑推理。大舅问：“罗斯柴尔德家族和外星人都那么牛，应该见过面吧？”宝生迟疑了会，说：“见过，还常一起喝酒。”

宝生说他即将飞黄腾达，现在只不过是过渡期。宝生问大舅：“坐过高铁吗？”大舅摇摇头，说：“只坐过绿皮火车。”他说：“高铁就是没翅膀的飞机。”说完他掏出手机给大舅看高铁的照片。大舅看了说：“确实像，嘴巴噘起像鸭子。”宝生说：“现在有种东西比高铁更快。”大舅瞪大眼，说：“还有东西比没翅膀的飞机快？”宝生说：“5G。5G 是未来发展方向。任何东西和这技术沾上边，都能有生意。”大舅说：“还有这种事？”宝生继续说：“手机装了 5G 信号更好，汽车加了 5G 跑更快，连种菜和 5G 结合都能产量更高。”大舅半信半疑，说：“我种过菜。你倒是说说，怎么就能更好？”宝生说：“我准备搞个土豆农场，用上 5G 技术，便能把土豆亩产做到一万斤。"大舅哈哈大笑，说："不可能，我种过土豆，用上牛粪和钾肥最多也就六千斤。"宝生说："这你就不懂了。我要在农场装上 5G 传感器，把温度、湿度、虫害都传到北京的实验室，让一群中科院科学家帮我提高产量。我要做出国内首个 5G 土豆农场。"大舅有些迷茫，觉得宝生说得有鼻子有眼，似真又似假。宝生说："你在城里无事可做，要不一起入股，担任我们的农业顾问？"大舅面露难色，说，又是 5G，又是中科院，这定比盖个庙还贵。宝生说："不贵。"他伸出了个手枪的手势。大舅瞪大眼，说："八十万？"宝生说："不用，一期先投个八万。年化百分之二十，第一年就能分红两万。"大舅说："还有第二期？"宝生说："第二期可以本金加利润，一年分个二十万不成问题。"宝生拍着大舅的肩膀说："什么时代了，现在城里人谁还把钱放银行？通胀算过吗？机会成本呢？美元在加息。十年后五十万恐怕连五万都不值。"大舅皱着眉头拿不定主意。宝生继续说："现在不投资，就是和钱过不去。房地产不景气，股市又没起来。好项目不等人。"

大舅摸着脑袋，说："让我想想。"宝生说："你也可以不投。"大舅说："先投个两万试试。"

我不喜欢宝生，觉得这家伙油嘴滑舌。我理解大舅的心情，他想找些事做，让日子过得不那么空荡荡。

舅妈和大舅不一样，她适应能力甩大舅几条街。她来城里后在一个亲戚的早餐店帮忙。她最得意的是炸油条，顾客要排很长的队伍才能买上。她身穿围裙，擀面时播放草原歌曲，歌声高亢嘹亮，力道和节奏相得益彰。傍晚时分，她便加入广场舞队伍，虎虎生风地跳起舞来。

那天，我去大舅家。进门就发现气氛不对。以前都是舅妈烧饭，这一次是大舅烧。舅妈眼睛红红的，坐在椅子上不吭气。我问大舅："怎么了？"大舅没搭话。我说："5G土豆项目怎样了？"他把食指放在嘴边让我小声点。

他们结婚三十多年，在吵吵闹闹中度过。平时舅妈把大舅管得严严的，时不时出言埋汰他，大舅只会嘿嘿一笑。也有争吵的时候，大舅被说急了也会雷霆万钧，霍地拍案而起。舅妈便会摔门一走了之。每次都是大舅满村找，四处询问舅妈下落。有时舅妈回到娘家，有时到某个远亲家住上几日。飘忽不定的行踪令大舅大伤脑筋。就在全家人都开始指责大舅之际。舅妈王者归来般出现了。冷战数日后，两人便言归于好。

"喊你舅妈吃饭。"大舅边盛菜边说。

舅妈在灯影下吃饭的场景充满了忧伤。她怔怔地，有气无力地拿起筷子，想夹起一粒蚕豆，可是怎么也夹不起。她扔了筷子，抽抽搭搭地哭起来。大舅拍着舅妈的肩膀。

舅妈说："都怪我轻信那个经销商。那人和我一块跳广场舞，说什么量子穴位按摩仪可以减肥养生。我不信。她让我拿回免费试用。每天躺着把穴位仪贴在身上。开始很新奇，感觉有个看不见的小锤子在捶我。就像按摩，时间长了就没感觉了。我试了两礼拜，没减下，反而重三斤。经销商说是方法不得当，如果加入她们的销售团队，有专业理疗师指导，定能减肥成功。还说拉两个下线我就能赚回本。我就投了两万块钱。每天都想着拉下线，把身边朋友电话打了一遍，也没人加入。半个月后，工商局说这是涉嫌三级分销，是传销。唉，都怪我糊涂，上了他们的当。"说完她又抽泣起来。大舅安慰舅妈，说："谁都有犯错的时候，吃一堑长一智。"

清明节前，大舅带我去樟树村给外婆扫墓。外婆的坟即将迁往公墓，从办理手续到挑选坟址，他没少操心。大舅说："还记得路吗？"我说："当然记得，有棵大樟树。"他说："记性不错。

现在沥青路面修得好，开得顺溜。"我说："可别超速啊。"他说：
"我知道。"他又说："你说怪不怪，路越来越宽，村里人倒越来
越少了。"我说："水往低处流，人往高处走，你也一样啊！"大
舅说："我有得选吗？我还是喜欢在农村。"我们途经一处公墓，
山上的墓穴密密匝匝得像蚁穴。他说："城里人活着住在火柴盒，
死后挤进更小的火柴盒。"外婆的坟是大舅亲自挑选的，还找了
风水师卦过，是名堂墓址，在一处风景优美的山坡上。

　　这时，大舅车速慢了。他一脸茫然，说："奇怪了，难道开
过头了？"我疑惑地看着他。他说："看见那棵大樟树了吗？"我
摇摇头。大舅将车掉头，往回开了段，还是没找到大树。我们索
性将车停在路边，走上一段路，才发现那棵大樟树已没了踪影。
取而代之的是一块巨大的动物园广告牌，上边画着一群兴高采烈
的人们，指着几只悠闲的长颈鹿。村庄已是尘土飞扬的工地，拆
迁速度快得超出我们的想象。一栋栋村屋成为一堆堆瓦砾，零星
几幢未拆，是拆迁队的临时住所，墙上画着鲜红的大圆圈，里边
写着"拆"字。远处几台挖掘机，正哒哒哒地将残垣碎成小块。

　　我们看见了樟树，树被连根拔出，倒在地上奄奄一息，叶子
洒落在地，像个受伤的巨人。树的根部有颗棉布包的大球，一辆
吊车正伸出长臂将树吊上卡车。据说，这棵树已被开发商买下，
将运至一处高档住宅区。

　　我跟在大舅后边，走上一堆瓦砾。他说："别踩木头，有钉
子。"我说："看着呢。"他低头跟跄地走着，像在找寻什么，忽
然瞪大眼说："这一堆是我们的房子。"我疑惑地看着他，说：
"你咋知道？"他抬起一根朱红色的木条，说，这是厨房的窗框。
我看了看，说："很多人家都是这种。"他又翻起一块石头，上边
粘着一幅残画，依稀辨出是画着太上老君的年历。太上老君的额
头鼓鼓的，像鹅蛋，童子笑盈盈地抱着蟠桃。他说："见过这画
吧？"我说："是正厅墙上那幅？"他像发现了什么，弯下腰，从

碎砖中抠出一张照片，递给我，说："你看。"我看着照片，是张黑白照，是外婆年轻时照的，有点像江姐。大舅说："我就说这是我们的房子。"

我记不清外婆是在哪一年去世的，应该是我小学一二年级的时候。她得的是晚期肝癌，肚子鼓鼓的，汤水不进。那时，只记得大人们四处求医。中医、西医、傩师、道士都看了，也不见好转。外婆快走那阵子，大舅同住在一起，每天照顾外婆。外婆走后一段时间，大舅眼睛都红红的。他保存着一张全家福，外婆穿着大红袄坐中间，他常常一个人对着照片发呆。后来这张照片变得又软又黄，我想应该是多次沾水的缘故。

外婆操着一口难懂的浙南方言，她的许多事都是大舅告诉我的。外婆的老家在闽浙交界的山区，一九三〇年，闽江闹洪灾，一家老小背井离乡，一路乞讨来到樟树村，他们是最早的村民。他们垒起土房子，材料是山上的泥土，骨料是竹子与石头。土房坍圮，大雨过后变成一大摊泥浆。但据说冬暖夏凉，比空调房舒服。后来，外婆和村民在村中挖出口池塘，养了群鸭。抗战期间，有戴着钢盔、拿刺刀的日本兵来扫荡，抢走了鸭，还带走了几个女孩子，吓得外婆躲进山里。中华人民共和国成立后，外婆嫁给了当民兵的外公。附近建起了砖窑厂，土房才改建成砖房。樟树村人丁逐渐兴旺起来。在山上开出梯田，种上水稻、毛芋和玉米。村里最多时有上百户人家，热闹得像集市。近些年，年轻人都出去打工，只剩老人与小孩。村里变得空荡荡的。

我和大舅向山坡走去，外婆的坟茔在半山腰。大舅说他生在樟树村，长在樟树村，户口簿写着樟树村。现在可好，樟树村变成了动物园。大舅苦笑一声。坟是砖砌的，冢顶有一簇竹子。我们把边上的杂草除了，放上黄纸，压了一块石头。大舅将几炷香插在泥土上，说这是给土地爷的。他说，活着靠土地爷吃饭，死了靠土地爷照顾。我们给土地爷拜了拜。随后拿出锡箔纸，给外婆折上银圆。大舅边折边说："以前猪肉五角一斤，现在二十多块，得多折一些。"他跪在坟前，闭上眼，双手合十，念念有词，磕了三个响头。然后拿出打火机点燃银圆，燃烧的锡箔飘向空中。大舅说，外婆心情大好，都收到了。

有天傍晚，大舅开车带我回小区，在小区侧门，灯光昏暗，地上有些泥块。大舅说尿急。我说："忍一忍，就到家了。"大舅说："这事没法忍。"他下车小跑至路边空地撒尿，声音像瀑布。大舅抖完裤子，兴冲冲跑回来说："有好东西。"他把车头对着空地，打开大灯，光柱中有许多飞虫，地上几只油漆桶和碎砖块间长满了绿油油的番薯叶，番薯长势很好，像一片绿毯。大舅踩了踩，发现泥土松软，这太适合种菜了。

一大早，大舅戴上草帽，穿着雨鞋，左手提着水桶，右手拿着锄头，开垦起菜地来。大舅清理完垃圾与野草，把番薯地翻了一遍，并用石头垒成一道边界。大舅已规划好了一年的蔬菜瓜果，原本漫漶不清的四季在他看来充满着明亮的色彩：春天适合种蚕豆和油麦菜，夏天西红柿和西瓜最好吃，秋天油麦菜和番薯也不错，冬天的萝卜是最美味的。

大舅精神矍铄，又找到生活的乐趣。我每次去看他，他都在农田理菜。我会陪他干会农活。他拿着铁锹开出一畦畦田，整齐得就像切好的豆腐。他搞来一些竹子，劈开弯插在田里，铺上塑料膜，做成简易的大棚，他说大棚里要种草莓。大舅干活时露着膀子，筋肉棱棱可见，俨然又成为一个壮汉。

大舅发现菜地有老鼠，常啃食菜叶。开始时大舅没放在心上，想着多种些，纯当纳税了。可是老鼠越来越多，已经到了夸张的地步，白天都有老鼠横行在田埂，放置鼠夹也无济于事。

那天，大舅看见一只黄狗走在田中嗅嗅闻闻。大舅走近，黄狗朝大舅汪汪吠着。大舅离开，狗又绕走在田间。大舅找到一块番薯丢给黄狗，扯着嗓子说"噜噜，噜噜"，黄狗歪头看着他，闻了闻一口吃下，便对大舅摇起了尾巴。

从那以后，噜噜每日清晨都在菜地中昂头等待大舅，只要看见大舅的身影，就极度兴奋，又跳又叫。大舅每次都带些剩菜，有时是剩骨头与肉汁饭，有时是馒头与碎鸡肝。大舅走到哪，噜噜便跟到哪。大舅坐下抽烟，噜噜把前爪搭在大舅的腿上。大舅还拿来了锯子、铁锤和几块木板，为噜噜搭起一间遮风避雨的小屋。

噜噜不辱使命，无论刮风下雨，都守卫在田头。大舅每次去菜地，田垄间都躺着几只闭眼老鼠。噜噜则在边上，摇着尾巴，等待大舅的夸奖。舅轻轻拍拍他的脑袋，噜噜吐着舌头，两眼放光。

小菜园愈加葱茏。雪里蕻越抽越密，像一片低矮的雨林，肥硕的萝卜从泥里拱了出来，像是走了光，露出皮肤的颜色。大舅指着一片西瓜叶，说，有几个尚未长熟的西瓜藏匿底下。他轻轻拨开瓜叶，像观察快要出壳的雏鸭。大舅每过一阵子，就为我们送来瓜菜，左邻右舍都分享着他的成果。

二舅在一个下午回来了。我去车站接他，老远看见了他。他面容清癯，双手垂落，穿着一件几年前的米色夹克，手里提着一袋橘子，孤零零站在出站口。

知道二舅回来，大舅准备了一大桌菜。红烧肉卤鹌鹑蛋、啤酒焖鸭、油炸小黄鱼。大舅知道二舅最喜欢吃辣椒炒猪肠。他专门问屠户买了两斤猪肠。先是浸泡翻洗，连窝子内的油都洗出来。然后将肠子切成小段，翻炒。他颠勺的模样像星级酒店戴白帽的大厨。他说，二舅喜欢吃辣椒，于是上盘前撒了红白两色辣椒，说白的入味，红的调色。

　　大舅和二舅一过中年，方显出遗传的力量，他俩越长越像。走路姿势、说话语气如出一辙，无非是大舅头发没有打理，二舅梳着大背头。这次回来，二舅已然没了神气。这顿饭，只有大舅和二舅两个人上桌子。几杯酒下肚，气氛依旧沉闷，他们有一句没一句地聊着。

　　"厂里都好吧？"

　　"好。"

　　"家里呢？"

　　"都好。"

　　二舅爱面子，没说自己不如意。人生哪能一帆风顺。因为遇见疫情，厂里的货送不出，工人工资按月支出，做生意最怕断了现金流，他每天在厂里干着急。

　　二舅感叹，当他光景好的时候，满大街都是朋友，一呼百应。现在手机一天也不响一声。二舅整天愁眉苦脸，家庭自然也不会和睦，和二舅妈俩人就像天干遇火星，每天争吵。这一次他就是来大舅这避避风头。

　　这顿饭他们一直吃到半夜，二舅一口接一口喝酒，想用酒精冲淡心中的郁悒。有一会儿十分沉默，我怀疑他俩是不是都睡着了，结果两个人又拿起酒杯碰了下。大舅听着二舅不如意，心情自然不好。他不知如何安慰，只能陪他喝酒。

　　那时，我刚走出学校，不谙曲意逢迎之事，四处碰壁。我意气用事想在文学这条羊肠小道中找回价值，徒徒浪费了纸墨和电费，却一事无成。感到心烦时，我便来到大舅的小菜园，与他一同种菜。大舅哼着小调，自得其乐地浇水、施肥、除草。看见这些，我就感到无比安适。我开始理解大舅为何寄情这片菜园。

　　外婆迁完坟那天，一家人聚着吃了顿饭。饭前我们在外婆的遗像前上了香。大舅双手合十，说："妈也算是搬了家。希望她在天上认识新的邻居。"

　　几碗酒下肚，大舅他透着微醺，脸上洋溢着不可言说的快乐。他举起酒杯，说："八十年前，妈妈乞讨来到樟树村落了脚。我是乡下人，现在变成城里人。孩子们从小城市来到大城市。日子是越过越好了。"说到这，他的嘴唇颤抖，眼角噙着眼泪。我忽然意识到樟树村的一切都消失了。那村口的老樟树、乌瓦泥墙的老房子、田埂中的南瓜和萝卜、池塘边的蜻蜓……都没了。以后我们提起那里，只不过是一个抽象的名字。

　　饭间，大舅把一个信封塞给了二舅。二舅发现里边是张存折，推了回去说："这怎能放我这？"大舅说："钱在我这徒是浪费，收好收好。"二舅说："我不要。"大舅说："都是妈妈的，妈妈让我照顾好大家，收好收好。"大舅又走到我身边，说："听说你喜欢写作？"我默不作声。他把另一个信封塞到我怀里，说："多出去走走，好好写。"我感到信封很重，重得像一个世纪。

　　那天，大舅喝了很多酒，说了很多话。一会儿说："过年樟树村才叫热闹。"一会儿说："下次再带你到山坡去捉蛐蛐。"一会儿又说："烧酒的那口铁锅怎么没拿回来？"他说得断断续续，前言不搭后语。那天，我也喝了很多。忘了是我背着他，还是他背着我。我们上了出租车，大舅满嘴酒气，说："先去菜地看看。"车开得很快，我晕乎乎有些想吐。车停了，大舅酒也醒了。

　　我们下了车，一座工地赫然耸立。水泥罐车一辆接一辆开过，工人们正热火朝天地赶工。一个戴着安全帽的工人从我们前边走过。大舅问："这里怎么变成工地了？"工人看了大舅一眼，说："你谁啊？"大舅说："我的菜地呢？"工人说："地是你的吗？"

　　搅拌机发出不容置疑的轰鸣，混凝土像泥石流般倾泻在菜地上，散发黏腻的腥味。压路机的滚轮缓缓碾过，水泥平整得像一堵墙。

　　这里将建成三千平方米的生鲜卖场，里边有越南的火龙果、日本的柑橘和澳大利亚的车厘子。一面巨大的广告牌被吊车立了起来，上边写着"新都市人，品味人生"。

　　"走吧。"大舅沿着路边向前走去。霎时，便消失在人群中。

星球电站

　　春生去往月球是为了挽救岌岌可危的婚姻。

　　他心事重重地排队走进火箭栈桥，就像登上一枚命运未知的导弹，周围熙攘的人群丝毫都没有减轻他阴郁的心情。他已经两年没有见到星月了，这一次他下血本买了船票，他要和星月谈一谈。

　　猎鹰号飞船垂直地停在运载火箭上，远看像一只虫子搭在树干。此刻燃料已补充完毕，白色气体从火箭的燃料舱中溢出。春生坐在座椅上，准确说他是被五花大绑在了座椅上，想起身后这两千多吨航空燃料，他有些不寒而栗。

　　在大部分地球人的眼中，月球是一个比阿拉斯加还要遥远的"飞地"，那里的重力与地球不一样，氧气与水等人类赖以生存的物资都需要依靠一套精密的循环设施维系。这些恶劣的生存环境使他不禁想起祖父曾经参加电网援藏经历，高原反应、缺氧、日用品的缺失等。

　　发射场上的排架缓缓移开，火箭推进器被点燃了，广播里传来发射的倒数声："十、九、八……"当倒数到零时，他感到巨大的震动，仿佛经历了里氏七级地震。可是，火箭还停留在原地。

　　"手刹没放？"一个乘客说。

　　紧张的心情占了上风，大家的笑声有些尴尬。刹那间，飞船冲了上去，春生和其他乘客就像乘坐一列脱轨的火车，四面八方都在摇晃，他们原地祈祷飞船不要解体。当然这些担忧都是多余的，去往月球的航班每天都有数十趟，人类已经在月球建立了一块规模不小的聚居地，那里生活着两百万人。

猎鹰号火箭从静止突破音障加速至七马赫，用了不到一分钟。春生向后望去，发射场被远远甩在身后，成为沙漠中一个影影绰绰的小黑点。飞船在持续加速，他们深深地陷在座位中动弹不得，甚至举起手臂都十分困难。通过屏幕他们看见了一条长长的绿色岛屿，那是日本列岛，与北极连成一片的巨大冰原是堪察加半岛。

飞船很快飞离了外逸层，这是地球大气与宇宙的分界层，飞船已摆脱了地球的重力，春生解开安全锁扣，飘了起来。望着窗外，淡蓝色的地球就像透盈的鱼缸，缸里是富有生机的海洋，外边则是深邃的宇宙。

当飞船航行了八十五个小时，月球已近在眼前，它的表面满目疮痍，呈现出惨白的景象。这里没有大气，飘动的云朵、流淌的河流、摇曳的树林在这里全都不存在，只有无处不在的死亡气息。

春生和星月曾经无话不谈，每天都会分享当天的所闻所见。如今星月就像稀薄的空气，春生感受不到她的存在，相距三十万公里的物理距离，使他们无法对周边世界感同身受，他们体会不到对方的喜怒哀乐。春生甚至不知道星月的工作具体是做什么的，这对于一对夫妻来说很可笑，他只知道星月在参加星球电站的二期建设。每次两人想进行一次深入的谈话，都以失败而告终。

起初，星月要来星球电站工作，春生是反对的。他认为这么远的距离会毁了爱情。星月埋汰春生不支持她。星月执拗地认为在外太空工作是一种命运的召唤，地球上的生物从海洋跨入陆地是生命发展的大事件；人类从地球来到月球，则是一次更大的变革，她要投身到这次伟大的事业当中。

当踏出飞船的那一刻，春生确实体会到了不适应，他甚至无法行走。月球的重力只有地球的六分之一，也就是只用耗费一点力气就能迈开步子，大脑要适应这点不容易，常常一不小心，就飞了起来。当然速度是缓慢的，缓慢地跳起，缓慢地坠落，像在播放慢速电影。春生还没适应，跌跌撞撞，举步维艰，惹得月球人哈哈大笑。

春生发现月球人是如此的整洁，他们按部就班，循规蹈矩，从不乱扔垃圾。缺少大气与微生物，因此这里没有物质循环与能量转换，食腐动物和真菌都不存在，水和二氧化碳不会被植物的光合作用变成糖分子和氧气，废弃物不会腐烂，只会永远留在月球。最让春生受不了的就是随时都要戴着头盔，耳朵里还要塞个耳机样的装置——月球上没有空气，声音无法传播，人们需要通过无线电才能实现相互交流。大多数人说话都低声细语，这无时无刻地提醒着春生，这里是月球，地球上许多规则在这里行不通。

星球电站一期建设是以光伏发电储能的形式为月球提供电力。起初，科学家曾考虑过使用核电，但是，核反应堆需要大量冷却水，地球的核电站通常都建立在海边，水对于月球如同黄金般珍贵，月球没有建设核电站的条件。后来，科学家发现月球上的太阳能资源是地球的二十倍，在月球上建设光伏发电站是个不错的选择，于是在月海的低洼处安装了十万平方公里的光伏板，将太阳能转变为电能，通过升降压提供给基地使用。

当飞船掠过这些蓝色的光伏板时，乘客对大海般的光伏板叹为观止。在月球上，不用担心风雨对设备的损坏，却要防止陨石雨。当陨石雨靠近时，电站就会将这一区域的光伏板降入地下。

星球电站一期的顺利投运有效解决了月球的电能供应问题，水和氧气的循环设备、码头、垃圾处理厂相继建成，月球开启了大发展的时代。这里的大气压小于地球，物质的熔沸点低于地球，这对发展冶金与化工产业十分有利；因为宇宙射线的作用，太空农作物产量远高于地球，农业的前景也不可估量。各国对月球进行了大量的投资，这简直是上帝送给人类的新家园。短短几年，月球的许多产业甚至超越了地球，大有青出于蓝而胜于蓝之势。

　　经过三十年的高速发展，电能的瓶颈问题又摆在了面前，光伏板已经覆盖了月海表面的百分之九十区域，继续铺设光伏板来增加电量的方式已难以为继，月球的发展陷入了停滞，月球需要新的能量。

　　相比能源，社会问题才是最棘手的问题。那个昂扬向上的月球大发展时代已经过去了。在月球出生的人类，并不认为自己是地球人，一方面他们总认为自己与地球人不同，比地球人更优秀，是人类科技到达一定水平后的"新物种"；另一方面，他们是失落的一代，并没有体会到月球初创时期的艰辛，也没有经历过那昂扬向上的时代，他们出生时正值月球发展的鼎盛时期，但是随着月球电力供应不足，经济下滑，生活似乎呈现出每况愈下的意味，看不见未来的发展方向。

　　一种分离主义思潮在月球人中蔓延，他们将祸因归罪于地球：地球移民太多，抢走了月球人的工作，地球人把一些糟糕的习惯带到了月球，搞乱了月球的经济。他们要求驱逐一些地球人，甚至组建了一支军队，让月球独立于地球之外。

　　春生终于在电站中见到了星月，她比三年前消瘦了，长时间无重力的环境使她的肌肉发生了变化，身体纤细而柔软，身高反而比之前增长了一些。

春生上前拥抱星月，但星月并没有像以前那样双手环抱春生腰间，她显得有些疲倦。

"长途飞船很累吧？"

"还行。"

"你瘦了。"

"航空套餐太难吃了。"

春生觉得星月既熟悉又陌生，她的侧脸还是那般美丽，白皙的皮肤、柔软的头发、脸颊的一颗小痣都显得倔强而俏皮。她的性格还是和以前一样固执，这在女生中并不常见，只要是她认定的事，就会坚持下去，哪怕是错的，也要一错到底。这是春生最受不了之处。他曾试图改变星月，但他发现这跟将月球推离地球轨道一样困难。

这一宿，春生睡得并不好，月球每过半个月才会经历一次黑夜，春生无法适应这白昼的睡眠。

星月已适应月球的生活，她会说汉语和英语，还会俄罗斯语和印度语，这些都是月球语的组成部分。在星月看来春生大嗓门与乱丢垃圾的毛病简直是一种恶习。春生嘲笑月球人无知的时候，星月总是会站在月球人的立场上进行反驳。

令春生费解的是星月从不和他谈论工作，对星球电站的二期建设更是只字不提。春生显然也注意到了这些变化，他隐约觉得星月有事瞒着他，或许是有人破坏了他们的婚姻，又或者是星月陷入了身份认同的困惑，这是在月球长住的地球人的通病。

春生终于发现星月工作的地点在月球一片隐秘的环形山中，那些一座座酷似丹霞地貌的山峰太过奇特，峭壁是如此的平直，下宽上窄，就像人工凿出的一样，远看就哈利法塔，山峰直挺挺地对着地球，这多像一枚枚射向地球的导弹。

月球的分离思潮越演越烈，人类才刚刚跨出地球没多久，就要面临一场星际战争。所有人类都感受到了不同寻常的紧张气氛，地球人的舰队加紧了对月球的侦查，月球人则以牙还牙地向太空试射了几枚激光制导导弹。

人们原本认为二十一世纪中叶后，和平与发展是主流，战争非常遥远。但是地球上的任何国家和组织都不能承担一个后果，那就是月球独立，月球人成为与地球人不一样的人类。最可怕的就是谁也不想发动战争，但是似乎又不可避免。

春生觉得在这个时候要和星月进行一次深入谈话。他们坐上一台月球车，顺着崎岖的月表行驶着。地球悬在地平线上，它比在地球看到的月球大了十三倍，就像一片巨大的青花瓷盘，蓝色的是海洋，白色的是云朵。盘中欧亚大陆清晰可辨，赤道附近似乎有一个漩涡状的云带，巨大的气旋正在逐渐形成，不久菲律宾和中国长江以南将迎来一次台风。

"那是非洲吗？"春生看着地球问。

"应该是。"星月说，"我们其实都来自那里。"

"我明白你的意思，你是指我们的人类都起源于非洲，我承认是达尔文的信徒。"

"人类从非洲草原走出来，足迹都踏上了月球，为什么还不能摆脱狭隘。"

"狭隘？你说的是最近地球和月球的关系？我觉得会有聪明的人来解决这些问题，我们不用太担心。"春生说。

"就是每个人都像你这么想，才变成了现在这个局面。"星月说，"现在地球人的舰队已经开往月球。"

"好吧，救世主，你觉得我们应该怎么做？"春生不耐烦地耸耸肩。

晨昏线将地球划为明暗两个区域，就像地球上看见的上弦月一样，亚洲大陆正处于夜晚，太平洋沿岸的城市群星光闪闪，就像矿藏中闪现的金子。

"和我回去吧，这里感觉糟透了。"春生说。

"电站二期的事没完成我是不会回去的。"星月的语气完全不给春生任何劝说的余地。

"你还是不会考虑我的感受。"

"你又为什么不能多包容一些?"星月头转向一边。

"我不想大老远从地球跑过来和你争吵。你告诉我,那些环形山上的巨型石柱是什么,是对着地球的武器吗?"

星月迟疑了一会儿说:"我不想谈论这些。"

"我们还要继续下去吗?你就不能离开这个该死的地方吗?"春生有些激动。

"我无话可说。"

"你还是那么固执,我们分手吧。"春生听见自己说,他实在受不了星月以及月球恼人的环境,他想尽快结束这一切。

星月缓缓抬起头,看着春生说:"你是认真的吗?"

"我不想再重复一遍。"

星月眼中的泪水,因缺少重力,久久不能滑落。她将一枚电机的模型塞进了春生手中,转过头去说:"还给你。"

这是春生大学时送给星月的生日礼物,是一个铝制电机模型,蓝红色的磁铁中有个缠绕着铜丝的线圈,摇动线圈一枚灯泡就会亮起来,这是依据电磁感应原理制作出的精巧装置。这么多年了,星月依然保存着这个生日礼物。

地球舰队已经在距离月球五万公里处集结完毕,在月表上都能看见雁群般的亮点,舰队向月球基地发出了最后通牒,要求自动解除武装。舰队的作战方案是用制导武器对月球的防御设施进行轰炸,然后地面部队在月球背面的一处环形山中央登陆,沿三个方向迅速包围中心基地。

为了防止地球人的进攻,月球人也做了相应的准备,若是联邦舰队贸然攻击,月球将发射核弹予以还击,双方摆出鱼死网破的姿态。

通牒还剩最后五分钟，地月之间的通信和航班都已中断，两座星球同时响起了防空警报，月海表面的光伏板降入月表，基地陷入了黑暗，人们躲进防空岩体，空袭就要来临。

一阵惊天动地的震动，山峰轰然倒塌，石块像消融的冰雪滚落地面，月表剧烈地颤动。空袭开始了，一定是导弹击中了基地。春生明白他们的婚姻完了，这一刻他泪如雨下。

人类才刚离开地球，就要面临一场你死我活的争斗，这对于人类的命运意味着什么？人类还想离开太阳系，去往4光年以外的人马座，或许这些宏图壮志都将化为泡影。所有人类都注视着这场不该发生的战争。

忽然，山峰废墟中缓缓升起一座座古铜色的构筑物，构筑物的外表是缆绳般粗犷的铜绳，绞在一起，像天神的肌肉般有力，在太阳的照射下发出耀眼的光芒，令人想起了古希腊半岛耸立的宙斯神像。

舰队显然也注意到了这些物体，这些高达一千米的构筑物是如此怪异，居然没有人能认出是什么。经验告诉他们，这些东西不像是武器，因为完全看不见发射井与雷达之类的设施。

舰队的科学顾问团队指出这个物体应该是个行星推进器，月球人想要脱离地球。失去月球后，地球将受到数倍陨石雨的袭击，潮汐现象也将停滞，这对南北半球的海洋生物将是灭顶之灾……

舰队的司令官咆哮："四十五亿年前一颗名叫忒伊亚的陨石撞击了地球，一块石头飞出了地球，永久成为轨道上的一颗卫星，这就是月球。多少伟大的画家与诗人都在歌颂这颗美丽的星球，现在他们居然想将它推出地球轨道，这愧对了上帝的恩赐，是历史的罪人。"他下令摧毁构筑物。

那一刻，构筑物的顶端划过阵阵闪电，感应电在月球上空交织成巨大的电网，发出吱吱声响，一种神秘的力量觉醒了，基地恢复了供电。所有人目瞪口呆，月球没有大气，却产生了闪电？

"奇怪吗？"春生的头盔内响起了星月的声音，"是时候和你谈谈星球电站二期的事了。"

"请告诉我这一切吧。"春生呆呆地看着眼前这一切。

"这些巨型磁感线圈都是我们建造的，当然，这是在极度秘密的情况下进行的，若是被月球或者地球的极端分子知道，这些项目都将无法进行。"星月说，"所以我们每个人都签订了保密协议，不能向任何人透露项目的细节，包括家人。"

"但是我还是不明白，这些构筑和眼前的景象有什么关系。"

"记得电机模型吗？"

"当然。"春生说，"这是我送给你的生日礼物。"

"你知道法拉第电磁感应原理吗？"

"当然，这是中学的电学知识。"春生忽然明白了什么，尖叫起来，"地球是个天然磁体，你们建造的这些线圈，把月球当成了绕组，把电磁感应用到了天体运转当中。"

"简单说起来就是如此，风力和水力可以发电，天体运动自然也可以。你把地球想象成电动机的定子，月球就是转子，月球公转不断切割地球南北极之间的磁场，月球每天的绕地运动将为人类带去一千八百亿千瓦时的电量。原理就是如此，具体实施还有许多技术细节，这也就是我夜以继日投身于此的原因，你明白了吗？"

"这是我这辈子听过的最疯狂的事情。"春生说。

"这个计划解决月球的能源危机，也为地球带去了电能，电磁共生，相存相依，战争可以消停了。"

全世界都目睹了这一戏剧性的一幕。春生抬起头，月表上空感应电交织成一片巨大的电网，地面上不断变换的光影，如同亿万生灵的欢呼。

在乘坐猎鹰号宇宙飞船的归途中，星月将头枕在春生的肩上沉沉地睡着了，这个倔强的女人很久没有睡上一个好觉了。这时，电视的新闻中传来像赵忠祥一样颇具磁性的声音：

"很久很久以前，上帝觉得地球太孤单了，从它身上凿出了一块石头……"

攻占高墙计划

　　我坐在树下，眼前是片牧场，远处的羊群像散落的米粒，一条小径从城镇而来又伸向远方。这里是乌尔的牧场，我每天放牧的地方。

　　转眼间，我从捡拾羊粪的少年成为一名羊倌。阿妈是果园采摘女，她身穿米色长衫，头戴蓝格头巾，每天在果园忙个不停。每当看见我，她就会愉快地挥舞着手巾，拖着长音呼唤我的乳名。

　　阿妈会酿制一种甜甜的橙子酒，她将橙子去皮后加点蜂蜜放进陶罐发酵，半个月后陶罐底下就会出现琥珀般晶莹剔透的液体。晚饭时她会为我们舀上一勺放在碗中品尝，这是一天中极欢乐的时光。

　　阿爸一只手举起杯，另一只放在胸前，虔诚地说："幸福就像乌尔一样。"

　　我们举起酒杯跟着说："幸福就像乌尔一样。"

　　这是老规矩，每次吃饭前都会吟诵一遍，这是发自内心的赞歌，提醒着我们乌尔是废墟中仅存的乐园。

　　幸福不是免费的午餐。三百年前的战争毁了乌尔。恶龙从地下蹿出，摧毁了村庄与农田。祖先付出巨大的代价赢得胜利。如今恶龙被阻挡在高墙之外，隐藏在瘴气冲天的沼泽中。

　　阳光躲进云朵，云的边缘特别明亮，一年一度的季风雨又来临了。我拾起羊鞭向空中挥打出一声清脆的响声，羊群蹒蹒跚跚跑过来。

我的脑中时常浮现出苏菲的身影，今晚我们相约在图书馆见面。想起她我激动不已，她对自己认定的事情有着坚定的意志，连鼻翼上那颗小痣都显得俏皮而倔强。

记得第一次见到她是在一片果园里，她正拾起草地上的一个苹果，一缕头发轻轻掠过她白皙的脸颊，我听见自己心跳的声音。她懂得很多，无关天气和粮价，是一些远离生活的问题。

"人会被眼睛蒙蔽吗？"

我回答不上，尽可能跟上她的节奏。

我来到城镇中心，再一次被眼前的雕像吸引：它由大理石凿刻而成，描绘了身穿铠甲的武士与恶龙战斗的场景。衣服的褶皱与飘荡的战旗栩栩如生，连肌肉上的血管都清晰可见。我由衷地佩服工匠们的巧夺天工。每次经过，都像是回到了那激情燃烧的战斗岁月。

图书馆在商店间默默无闻。我推开图书馆木门，门"吱"一声打开。在一排古旧书桌间我看见了苏菲。她将头发捋到耳边，露出清爽的脸庞。她正专心致志地翻着书页。我从书架上抽出一本书，轻轻地坐在她的对面。当我发现这是一本《希伯来语导引》时，顿时觉得有些尴尬，为什么不挑选一本名人逸事呢？也比这本枯燥的书好。正当我起身准备换书时，她看见了我，我们相视一笑。

图书馆中的桌椅一排摆开，头顶是镶着贝壳的吊灯，与大门相对的是一面巨大的拱形窗户，街道上的夜色一览无余。图书馆太安静了，安静得连咳嗽都显得惊心动魄。我喜欢看她一页一页翻书的模样，享受着陪伴她的感觉，她忽然抬起头对我说："你去过高墙吗？"

"那堵很高的城墙?"我问。

苏菲点点头:"平时放牧有没有去看过?"

我摇摇头:"有全副武装的骑兵把守。"

"想不想去?"苏菲对我眨眨眼。

在回家的途中,我们走在街道上,铺路石在月色下泛着冷光。三百年前铺设的街石,依然发挥着重要作用。

有些想对苏菲说的话,我在心底已经隐藏了好久,在这一刻,我按捺不住了。

"你有话对我说?"她忽然回过头来。

我把话又咽了回去,吞了口唾沫以掩饰自己的窘迫,忽然听见自己说:"苏菲,我很喜欢你。"

她停住了脚步。

我听见自己继续说:"我很早以前就注意到你了,平时我们是好朋友,我有强烈的冲动和你在一起,每天都想见到你。整晚想你。嫁给我吧,我是一个羊倌,可能在你看来读的书也不多,没什么文化,但是我会好好照顾你。"

苏菲低头不语,时间在此凝固。

"你是觉得我配不上你吗?"我说。

"不。"苏菲抬起头看着我,从她乌黑的双眸中闪出光芒,她说,"你会是个好的丈夫,好的父亲,只是……"

"只是什么?"我说。

"谢谢你送我回家。"她说。

秋收时节如期而至。就在这个农忙时分,发生了一件离奇的事。

那是一个闷热的午后,天空雷声大作,硕大的鲤鱼从天而降,像石头落在河里。许多人对此疑惑不解,更有人拿出脸盆与网兜冒雨去拾取天降的晚餐。阿爸说这是不祥之兆。他遇到无法解释的事情时就会以占星师的口吻说话。

这天，和往常一样，我将羊群赶进羊圈，忽然听见街道上有人尖叫。阿爸跌跌撞撞冲进屋，大喊："洪水！"

话音未落，洪水冲过街道，房屋的墙壁涌现几股泉眼，水渗进来了，阿爸冲我喊："快看羊！"

我跌跌撞撞地冲进羊棚，那些可怜的羊像饺子似的泡在水里，无助地鸣叫。我七手八脚把羊赶上楼顶，拿着脸盆往外舀水。我们很快发现这是徒劳的，只能呆呆地看着水没过膝盖。阿妈看见眼前的一切，双手合十，忧心忡忡地向天祈祷。此时，我更担心苏菲的安全。

阿爸表现出一名老羊倌的镇定，说："快去挑选一只精壮的公羊和母羊。"

我明白他的意思，有了这两只羊，我们就能重新开始，据说过去的战乱中，我的祖先就是依靠两只藏在草垛中的羊才活下来的。

正当我们决定离开这里时，洪水不再上涨。或许阿妈的祈祷使我们的房屋免受灾难。我们忐忑地看着洪水慢慢退去，我忧心忡忡地度过了这个漫长的夜晚。

第二天出门时，我发现乌尔已成水乡泽国，曾经的田野河流纵横，不少人家园被淹，街上出现了许多流离失所的灾民，也有许多做渡船生意的人发了横财。当得知苏菲家的果园损失不大时，我心安了些。

那是一个早晨，城镇沸腾了，所有的人都奔向西北角，这是一条新出现的河道。人们伸长脖子就像鸭子似的向前看。

我和苏菲挤进人群，不敢相信自己的眼睛：这是一艘巨大的帆船！甲板上高高耸立着三根巨大的桅杆，白色的风帆在风中迎风飘扬。这艘船显然不是来自乌尔，船舷上漆着赭石色的亮漆，甲板下有着三层船舱，透过船舷上的窗口能看见带着轮子的桶状物体。甲板上站着一些遍体通红长相奇特的龙虾人，他们说话时嘴角的两根触须像打手势似的摆动。

龙虾人是顺着涨潮的海水来到乌尔的，他们手忙脚乱地从甲板下搬出一箱箱货物。

木箱中的货物已超出了我的认知。印象最深刻的是一种棍子，龙虾人说比长弓威力还大，我们摇摇头表示不信。他们拿起棍子，用燧石点燃了老鼠尾巴似的火绳，眯着眼对准水面上的一只野鸭。

我们用手遮挡住阳光，眺望那只浑然不知危险降临的野鸭。一声惊天动地的巨响，距离野鸭一米的地方掀起了一朵不小的水花，野鸭飞走了。我们被这突如其来的巨响震惊，有几个人甚至摔倒在地。这是我在乌尔从未听见过的声响。

龙虾人还有一种神奇的小磁铁，无论你朝向哪，它都只指向南方，据说龙虾人就是依靠这个装置来到了乌尔。更不可思议的是他们得意扬扬地告诉我们："我们生活在一只梨上。"

但是我不相信他们的鬼话，我斩钉截铁地反驳他们："若是如此，那么为何大地不是充满着梨子的香味，而是散发着一股腐朽潮湿的泥土味？"

有一天，帆船消失了，乌尔恢复了平静。我用五担羊毛从龙虾人那里交换了一块精巧的怀表，为的是阿爸喝完酒记得回家。阿爸却嘲笑我的天真，在他看来这是毫无用处的玩意。他把这块怀表扔在了一个装柴刀的竹篓里。

有一天，他去拿麻绳时，看见了这块怀表，发现了背面的精密齿轮，顿时对这个装置产生了兴趣。他转动着发条，看着指针均匀地跳动着，又将怀表放在耳边，听见那细若游丝的哒哒声响。后来，他把脖子上那块穿着红线的玉佩取下，换上了怀表。

变化是潜移默化的。乌尔人起初称这些龙虾人为蛮夷，这些见面需要拥抱与亲吻的家伙，在乌尔人看来是伤风败俗的。但他们又佩服龙虾人货物的新奇与实用。

阿妈吃了我从龙虾人那里换来的两粒白色阿司匹林。她用舌头舔舔了那颗折磨了她半辈子蛀牙，惊喜地发现这颗羸弱的大牙一夜之间变得坚硬无比，她大为赞叹，将这事分享给其他采摘女。

打猎的人多了起来，一群手持火绳枪的猎人愉快地追逐着惊恐万状的野兔，这是原先使用弓箭体会不到的快感。那巨大的枪响与威力，令所有哺乳动物都闻风丧胆。很快牧场上的野兔就被捕杀殆尽，甚至曾经只用其四处可见的鼹鼠也变得和孔雀一样稀少。

人们很快不满足只用其打猎，将武器带进了纷争，一有不和就拔枪相向。我亲眼看见过两个人用火绳枪决斗。因为宅基地的纷争，他们决定以武力解决。双方站在相距五十米的空地上，背对背着就像侠客般沉默。随着一阵口哨，两人转身掏出火绳枪射击，他们边跑边跳，滑倒在泥浆中又狼狈爬起，整个过程漫长而可笑。经过十几声枪响后，终于有一个可怜的家伙哇哇大叫，他被打掉了一只耳朵。那个胜利者以神枪手自居，得意地吹了吹枪管。但是不久后，这个神枪手在另一次决斗中就惨遭厄运，他的一只鸟蛋不翼而飞。

我第一次走进苏菲的卧室是帆船出现的两个月后，她的卧室有种熟悉的香味。木制的书桌放着手工制作的小匣子，里边是些纽扣与耳钉等小东西。床边叠着碎花裙和内衣，我能想象出她穿起它们的样子，我很快将视线移开。

她拿出了一幅画给我看。这幅画由大片的色块组成，蓝色和褐色相间，上下还有少量白色。她从我迷茫的眼神中读懂了我的心思，她说："这是一幅地图。"

"地图？"我重复了一遍。

"世界地图。"

我见过羊皮纸的地图，是一些江湖骗子用粗线条绘制成的藏宝图。但我从没见过如此精密的地图，上边详细勾勒了山川与湖泊的具体位置，城市与道路一览无余。"我们生活在这里。"苏菲指了指地图右侧的一个小点。

我眯起眼寻找那个蓝色大海上几乎看不清的小点。

"我们生活在一个很小的岛上。"苏菲说。

"难道外边不是沼泽？"我惊讶地问道。

"是一望无际的大海。"

我无法接受她的说法，这与我一直以来的观念相距甚远，我想起了阿爸，希望他能从丰富的人生阅历中给我建议，我说："我想出去看看。"

阿爸平静地点了点头，继续抽着水烟。当他明白我的意思是要翻越高墙时，霍地站起，"你疯了？"

我学着苏菲的口吻说："世界这么大，不去看看就太可惜了。"

阿爸狠狠地拍了桌子，他说："乌尔应有尽有，为什么要出去？"

"其实乌尔很小，只是我们不知道。"我解释说。

"你被魔鬼迷惑了。"阿爸说，"那个小妖精。"

"苏菲不是魔鬼。"我说。

"只要你是我儿子，"阿爸将一个搪瓷茶杯砸在地上，"我就不能让你去送死。"

要让阿爸接受新观念是困难的，恶龙的记载随处可见：长着蝙蝠翅膀的恶龙被拦在了高墙外，只要时机成熟就会危害人间。

也有很多人相信苏菲的想法。我们住在梨子上的说法被越来越多的人接受。从一边出发，绕了一大圈又会从另一边出现，这听着不可思议，却很时髦。一种蛊惑人心的想法正在酝酿：拆毁高墙。

人们躁动起来，但是所有试图接近高墙的人都将被从黑暗处飞出的暗箭射杀。三百年前高墙守卫了和平，三百年后却挡住了人们的去路。

攻占高墙的计划在人群中酝酿，人们憎恨几百年来被这堵墙遮蔽了双眼。

愤怒的人越来越多。我来到了城镇中心的雕塑前，那座祖先与恶龙战斗的雕塑已被人为破坏，疯狂的人们已不相信历史，一切与高墙相关的事物都将被拆毁。雕塑的头颅有些被剜去了双眼，有些已不翼而飞，地上一片狼藉，充斥着雕塑的断肢残臂和尿骚的气味。

人们最终聚集起来，他们拿着铁锹、菜刀和鱼叉走出小巷，穿过街道，敲锣打鼓地吸引着更多的人加入队伍，这架势仿佛是要进行一次集体狩猎。

高墙巍峨地耸立在牧场的尽头，一排骷髅骑兵横列在高墙前。这是先前守卫高墙的阴魂组成的骷髅军团。枣红色的战马打着响鼻，黑色发亮的马鬃散落在银色的护颈上，骷髅骑士们面无表情地手握长长的骑士枪，在月色下泛出阴冷的光芒。

两队人马很快在高墙前相遇，战斗已不可避免。一边是想拆除高墙的人群，另一边是训练有素的骷髅军团。

信号弹将地面照亮。骷髅骑兵冲锋了，这是他们生前学会的战法：冲锋分割敌方队列，分而歼之。

很多人逃之夭夭。猎人走了出来，他们带来了火绳枪，平时射击野兔给了他们丰富的实战经验。

一群木匠像盖房子似的搭起了一座投石机，在弹簧的一端安装上一个巨大的木勺子，将麻绳扎好碎石与木块，淋上油放在勺里，松开绳索后，石头拖曳着浓烟飞向高墙。高墙上燃起熊熊烈火，浓密的黑烟远在远处都能看见。骷髅兵拿着长剑与人们在城墙上展开激烈的肉搏。

几个钟头过去了，高墙依然巍峨地耸立在人们面前。远处，乌尔城镇里的人举着火把不断加入战斗当中，双方的厮杀映红了整片天空。

在战斗僵持不下时，两匹骡子出现在人群后，骡子发出怪异的鸣叫，两只蹄子用力蹬地。骡子拉来了一门从龙虾人那里买的大炮，据说这种大炮是魔鬼的怒号，能摧毁一座大山。

人们畏惧地看着这件攻城利器，十几个人吆喝着将炮口仰起。一个炮手小心翼翼地点燃了炮管上的引线，立刻躲在了一块石头后窥视。所有人都捂着耳朵匍倒在地，战场顿时安静下来，甚至能听见引线哐哐的声响。时间变得十分漫长，短短几秒钟就像过了几小时。人们期待射出炮弹的那一刻，可是大炮却像睡着似的没了任何动静。当有人站起来走向这门大炮时，一阵山崩地裂的巨响，大地剧烈地颤动，蚯蚓从泥土中飞出，树梢上乌鸦被震晕倒地。一颗巨大的炮弹呼啸着从人群头顶掠过，呈抛物线落在高墙前边的泥地里，掀起的黑色的泥土像雨点似的洒在人们头顶，空气中弥漫着火药和泥土烧焦的气味。

大家还没缓过神来，紧接着第二枚炮弹射出，这一次准确无误地击中了高墙，墙体崩塌了。

人们鱼贯而入，他们很快发现高墙不只是厚厚的围墙，而是城堡的一部分。此时，骷髅兵已四散奔逃。人们嚎叫着冲进城堡，雕塑被推倒，宫殿在燃烧。人们拿着捡来的瓷器与字画，显得兴高采烈。人群中不知谁喊了声："祭坛还有宝贝，三百多年的金子都藏在那！"

人们扔了瓷器与字画，顺着的连廊，穿过花园，走过一片大理石铺成的地面，走到祭坛前，发现空无一物，地面是一个巨大的黑洞。

人们百思不得其解，黑洞中藏着什么？人们探头向洞内看去，一股硫黄气味的热气涌了上来，嗡嗡的回音从地心传来。

大地开始震动，一股神秘的力量觉醒了，天空的乌云快速翻腾，闪电将乌尔变成白昼。随着一阵巨响，地面像千层饼似的开裂，高墙上的砖石如雪崩般倾泻。一阵巨大的哀嚎从洞中传来，所有人都惊出一身冷汗，嚎叫像风琴般低沉，透露出痛苦的气息，一条恶龙拍着像蝙蝠一样的翅膀从深渊中冲上天。它身上披着厚厚的灰色鳞片，面目可憎的头上顶着两根像羊角似的犄角，它挥舞着三叉戟，怒目而视地悬在乌尔的上空。它是一个恶魔！

所有人都无法相信那个夜晚的情景，乌尔的地底下蹿出一个恶魔。恶魔踏着乌云，手持三叉戟以迅雷不及掩耳之势荡平了乌尔。村庄、田野、谷仓、牧场、城镇、道路、教堂、学校、图书馆、雕像，目光所及毁于一旦。

清晨来临的时候，阳光洒在了乌尔的街道上，恶魔忽然消失了。这场灾难使所有人错愕，本想拆除高墙，却唤醒了恶魔，谁也没料到这灾难性的后果。人们默不作声地清扫着尸横遍野的城市。乌鸦漫天飞舞、野狗横行乡间。人们没有表情，看不见恐惧，也看不出悲伤，只是默默地搬运着尸体。

我看见了苏菲，相互微微点头。我们将尸体搬到河边，在裹尸布上点上一盏蜡烛，让其顺流而下，据说这样能使逝者安息。我想告诉她攻克高墙的代价是如此之大，但是话到嘴边，还是咽了下去。

"都是一群不知天高地厚的笨蛋干的好事。"父亲冷冷地说。

　　我们将尸体清理干净，修复了街道与房屋。我帮助苏菲翻修了被破坏的果园。我拿着锄头重新开出一条条田垄，撒上了化肥，将种子埋进泥土中。

　　人们清理了被毁坏的道路，在乡间铺上碎石与枕木，架上两条银光闪闪的铁轨，一种发出巨响的铁皮车取代了马车成为乌尔人的交通工具。

　　眼前的变化使阿爸默默地待在家中，他只能从过去的记忆中寻找昔日乌尔田园牧歌的生活，他始终无法从工厂的噪音、火车的轰鸣与臭气熏天的街道中缓过神来。他常常以无可救药的口吻说："乌尔快要完蛋了。"

　　但是事实却与阿爸的预想背道而驰，乌尔灾后的恢复超出了所有人的预料，人们用新的办法重建了乌尔。

　　在一个阳光明媚的午后，苏菲约我在黑石滩见面。这里曾是攻克高墙战斗的所在地，如今已成为一片铺满黑色石头的海滩。海水翻腾着白色泡沫拍打着礁石。

　　我看见了苏菲，她站在一艘停在海滩边的单桅帆船上，她梳了一个马尾，露出清爽的额头。她带上棉纱手套用力地拉了拉帆绳，白色的风帆哗啦一下展开，猎猎飘扬，她说："干粮与淡水是必不可少的，航海图与指南针都准备好了，我研究了洋流和季风，现在正是出发的时候。"

　　我知道这一天还是来临了，她曾多次提议要和我一同离开。优柔寡断的我无法下定决心，"我们不能等等吗？"

　　"趁年轻，要赶紧离开这里。"

　　"乌尔不好吗？"

　　"这里确实很好，衣食无忧，什么都有。"苏菲停顿了一会儿向远处望去。

　　这时我惊讶地发现远处海边一群人正在建造围墙，人们将高墙的瓦砾石堆作为地基，修建起围墙，并凿出圆形的炮眼。新的围墙将更加坚不可摧。

"他们为什么要造墙？"我惊讶地问道。

苏菲耸耸肩说："乌尔人发现外面的世界并没有他们想象的那般美好。"

"乌尔人对墙外失去兴趣了。"我悻悻地说。

"傲慢就像毒药，时机成熟就会迅速蔓延。"苏菲说，"几百年来没有变过。"

远处人们正热火朝天地浇筑着混凝土工事，高墙很快就要建成。苏菲撺掇道："走吧。"

我摇摇头："我是羊倌，每天只关心羊群和牧草……"

她叹了口气，转身走向帆船。

最终，苏菲还是走了，我向她挥手，她却再也没有回过头来。忽然我感到牙齿松动，视野模糊，我急速衰老了。

你好，阿尔法

　　程猿这个胆大妄为的家伙买下了高段围棋计算机，就是战胜围棋冠军的那台。他要用"阿尔法狗"实现自己的梦想。程猿要教会它端茶递水、聊天解闷，甚至艺术创作。他明白，历史只记得第一，谁搞出第一台谁就能载入史册。

　　"要不我就成为托马斯·爱迪生，要不就是科学界最大的笑话。"程猿坚信自己的判断。他希望阿尔法像一粒泥土里的种子，逐渐长成参天大树。

　　此时阿尔法的脑袋转动得像个滚筒洗衣机，手指无意识地抽动着，和一台高级玩具没什么两样。

　　"这堆铁疙瘩完全不像是人工智能该有的模样！"大脑学家钱神经说，"阿尔法的智能程度甚至还不如只草履虫，草履虫至少能利用鞭毛在盐水里游动。阿尔法跟个傻子似的。"他建议给阿尔法设计一些初始程序。他拿起一个人类大脑的模型说："人类小脑里有一些基本的行为模式，吃饭、撒尿、走路、避开危险等等。没有这些基本特质，阿尔法只能是一堆废铁。"

　　钱神经说话从不会拐弯抹角。他想拉屎，不会说想去洗手间。他也不会用"或许、应该"之类的语句，常常直截了当地说："这就像一坨狗屎。"

　　程猿和钱神经合作，主要是他常抛出颇有论见的观点。

　　程猿为阿尔法写了三百多行初始代码，这当然包括机器人三法则：听从人类命令，保护自己，不能攻击人类。目的是让人类绝对安全。

程猿对自己的目标充满信心，他就像一个战场的指挥官，鼓舞大家的士气："我们正在做一项伟大的事业，就像十五世纪航海家哥伦布探索人类未知的领域，或许是中午，又或者是明天早晨，最迟后天上午，巴哈马群岛的海岸线就会出现在视野中……"

终于，在一个早晨程猿看见了曙光。那天，阿尔法将自己绊倒后，像一架轮椅翻滚下楼梯，摔倒时触碰了身上的报警装置发出了哔哔的声响。程猿和钱神经花了九牛二虎之力才将阿尔法扶起。自从这次后，阿尔法每次摔倒都会自动响起报警声。

"这是个了不起的进步，说明它具有自我保护机制。"钱神经说。基于此前几个月的毫无进展，这无疑是一次鼓舞人心的飞跃。程猿喜出望外地向新闻界宣布了这个消息，他可不想被人抢得头筹。程猿握紧拳头在新闻发布会上掷地有声地说："这是一小步，却是人类一大步。"

"什么鬼东西！"记者并不买账，"这和一辆会报警的电动车有什么区别？"新闻界对程猿的研究质疑铺天盖地，说他研究了半辈子就发明了一件过时的玩意。

钱神经对程猿说需要一段时间才会看见进步。他说"一段时间"四个字时故意拖长了音，意思再明显不过了，那就是科研经费就快耗尽。人是铁，饭是钢。"再有情怀也要吃饭。"钱神经说，若项目再没有进展，不仅是他，整个阿尔法团队都会作鸟兽散。

为了向程猿说明"一段时间"的概念，他拿出一沓纸对阿尔法的"进化"进行演算评估："阿尔法用了三个月具有单细胞生物的智能，也就是说现在的阿尔法和生活在地球早期原始汤里的玩意差不多。那么按照地球生物的进化周期至少要经过五千年它才能进化成高级一点的多细胞生物，然后再过六千年才有可能成为无脊椎的腔肠类生物，要达到哺乳动物的智商至少要八千年，而听懂人类说话……天知道，我想计算机的演化会比生物界快，最理想的状态也要一万年。"

"一万年？"程猿从椅子上站了起来。

他明白钱神经的意思，只要不断进化，那么在未来的某个时候阿尔法一定可以实现人工智能，问题是他等不了那么久，他需要加快这一进程，换句话说他需要更多经费来帮助他完成这一任务。

"有钱可以快一点。"钱神经搓动着拇指和食指。

程猿开始了曲线救国计划，他与一个家居科技公司合作，设计了一些颇具想象力的产品，比如发明了可以端茶倒水的管家机器人，还做出了可以自动清除狗大便的扫地机器人。钱神经对程猿说："你疯了，你是计算机科学家，怎么可以设计这些玩意？"程猿说："大丈夫能屈能伸。"

程猿多方筹集经费，结果却搞得债台高筑，这次程猿彻底陷入了绝境。他就像丢弃自己的孩子似的结束了对阿尔法的研究。宣布这个消息时，程猿差点号啕大哭，但是他忍住了，眼睛像青蛙眼似的鼓了出来。

时局瞬息万变，本已绝望的程猿又看见了一丝曙光。一些极端恐怖组织把晶片放进了猴子的脑子里，好战的猴子已经能灵活操纵迫击炮。兰德公司受军方委托，急需研制新一代的人工智能武器反恐。他们明白现代战争的成败基于数据应用，战时需要分析海量的实时数据，比如武器装备、后勤补给线、工业生产潜力，甚至黄金储备，等等。如何迅速基于数据的应用最短时间做出最优决策，给敌人致命一击，这是兰德公司绞尽脑汁想做的事。用兰德公司总裁贾猩的话说："如果希特勒和日本天皇有了人工智能的帮助，就不会出现这么多决策失误，德军装甲师一定会将英军残部歼灭于敦刻尔克，日军也不会去偷袭珍珠港，那么世界历史就将改写。"

兰德公司在科技界广泛搜罗科研团队，为的就是尽快研制出尖端智能武器，他们找到了程猿，并来到了他的实验室。

贾猩在众人簇拥下在实验室里走来走去。这个耳朵像勺子的总裁不苟言笑，总是一副如临大敌的样子，仿佛几小时后就有核导弹在头顶飞过。程猿跟在后面不断向贾猩解释阿尔法的广阔前景。

贾猩问程猿："你的机器人能做什么？"

"上天入地，过河搭桥。"程猿回答。

贾猩微微点点头，他停下拿起一截机械手臂瞅了瞅，这台手臂可以轻易使出两千八百牛的力，可以轻松将钢管拧成麻花。贾猩举起手臂说："我们要做的就是吓得敌人屁滚尿流！"

记者咔嚓咔嚓狂拍不止。两天后，程猿得到了一笔不菲的科研经费，令程猿喜出望外的是贾猩答应借租给他六十台太空司令部所用的天体服务器，服务器配有这颗星球上最先进的CPU，每秒能进行八十京次计算，曾用于分析宇宙电磁波以及天体运行数据。如果说阿尔法狗是一匹骏马，那么这些服务器就是运载火箭，见过六十多枚运载火箭升空的场面吗？

听到消息后，程猿激动地倒在地上，准确地说他是靠着墙缓缓滑倒在地上。

如何使用这些高性能天体服务器是摆在程猿面前的一个问题，他决定以串联耦合的方式将六十台服务器进行分布式运算。他将这些服务器摆放在一座仓库中，就像六十口棺材，这些棺材却蕴含着新的可能。程猿设计出自我优胜劣汰的程序机制，这样可以大大加快自我更迭。这就像生物的进化，起初只要腺嘌呤（A）、鸟嘌呤（G）、胞嘧啶（C）、胸腺嘧啶（T）这四组碱基，随着不断试错与演化，最终就促进了生命的诞生。除此之外，程猿还模拟大自然的环境，增加了有利于进化的因素，一定的复制出错率和一些病毒，程猿说："有了这些小东西会让进化变得更趋于完美。"

程猿又开始工作了，在热气腾腾的实验室里，他瘦骨嶙峋的身上套着白色的防尘服，他像瘦猴似的观察着计算机内部发生着的惊天动地的厮杀。

六十台服务器的运算能力发挥出了作用。程猿发现原先六万四千行的代码，经过一百多万次的迭代后，奇迹般地只剩下五万八千行，并且这些代码相比原来设计更加精巧。

"简短的代码会更有利于复制。"程猿拍着大腿说，他预感到一种新的智能正在形成。

演进到第十五天，这个机器人僵硬地迈开了脚步，电机发出阵阵声响，它像是大病初愈似的缓慢移动。

第十六天，阿尔法可以在宽阔的走廊上昂首阔步地向前走，这模样和天安门广场的仪仗队丝毫不差。

第十七天，阿尔法已开始模仿人类说话，虽然口齿不清，可是很显然他正在努力学习人类语言。

项目的进展快得出乎所有人预料，第二十天，阿尔法可以做些基本的工作了，比如编辑一些简单文本、制作汇报材料、统计数据，还能为你泡上一杯咖啡，并放上两勺糖。

基于项目巨大的进展，程猿感受到他的机器人梦想就快实现了，几年的努力没有白费。他决定参加本年度的世界人工智能大会，就像十九世纪的世界工业博览会一样，这是一次无与伦比的科技盛会。世界各国的政要、科学家、企业界大腕都将齐聚一堂，人工智能最新的研究成果都会在这个大会上亮相，毫无疑问，程猿将在这次大会上一举成名。

程猿满怀期待这次盛会，甚至早已想好了演讲词，他幻想着这次演讲将载入史册，他的演讲稿是这样的：

女士们，先生们：

今天，我非常荣幸地宣布我们团队发明出了世界上第一台具有自我意识的机器人（此处要停顿等待掌声）。

这台机器人可以成为你工作的助手，它工作时一定比你专业与细心；它可以成为你孩子出色的老师，任何教师都不可能有它的耐心与博学；它可以成为一名医生，它的大脑中装载了人类历史上所有的病历与临床经验；它甚至可以成为你的伴侣，只要你愿意，它甚至比你更了解你自己，它体贴入微的服务会让你欲罢不能，最重要的是它还不会和你抢厕所。（此处等待雷鸣般的掌声）

当然，我们是站在巨人的肩膀上取得的这一成就，我们不能忘记工业革命以来最伟大的科学家，他们是机器人的鼻祖，没有他们我们是无法走到今天的。第一个是瓦特，他发明了蒸汽机，这是第一台替代人畜力量的机器，使人类的生产效率大为提升，触发了伟大的工业革命，构建了我们的现代社会。第二个则是冯·诺依曼，他使机器具有了计算能力，使人类进入到了计算机时代，为信息社会打下了基础。让我们向他们致敬。（此处等待此起彼伏不停歇的掌声）

……

程猿将自己和瓦特、冯·诺依曼排在了一块，当然这只是一厢情愿。天有不测风云，上帝总会在不经意间和你开个玩笑。当他决定参加世界人工智能大会后的第二天，他傻眼了。

阿尔法死了，像个报废的售货机似的靠在墙角。程猿试图扶起它，可是这台铁疙瘩太重了，金属的脑袋顺势滑倒在地上发出"咚"的一声，像是一枚铅球落地，玻璃眼珠滚了出来。人总会遇上一些倒霉事，但是程猿这次确实掉了"大链子"，毕竟明天就要召开世界人工智能大会。

程猿气得跳起来，"怎么会这样?!"程猿横咬住螺丝刀，像是在检查一辆抛锚的汽车，硬件是好的，问题还是出在了软件。当他打开服务器的数据库时，惊呆了。整台电脑的数据爬满了病毒，就是他当初为了加速进化而故意放进去的那些"小家伙"，现在已经演变成了五千 PB 的巨无霸。

病毒像蠕虫似的不断在服务器之间传输，每秒钟都以指数级的数量增长，以致天文级服务器的硬盘容量都已被塞满并发出警报。程猿很快发现病毒已经蔓延到了别的电脑上，移动电话、平板电脑、中央空调、运动手环都出现了病毒的踪迹。

"真是难以置信，病毒战胜了宿主。"程猿惊掉下巴。

阿尔法像是受到某种神秘力量召唤似的站了起来，它举起自己的双手，感受着周围的世界。这个从数字世界走出来的大块头像是初生婴儿似的看着窗外，它对人类世界充满了好奇，它看见外边耸立着的高楼、缓缓流淌的河流、不时飞过的雁群。它转身径直地向一堵墙走去，在墙上撞出一个大洞。

"怎么回事?"程猿仰着头问。

阿尔法注意到了程猿，踏步向他走去。程猿钻进桌子底下，阿尔法掀翻桌子抓住程猿。

"放开我!"程猿四肢摆动，像一只乌龟。如果机器人用力捏一下，他的脑袋一定像被捏碎了的鸡蛋似的一塌糊涂。而他也会成为科学界最大的笑话——被自己研究的机器人杀死，就像厨子炒菜火灾身亡一样可笑。

程猿左挣右拧，使出了吃奶的力气解开白色的防尘服，从阿尔法手上溜脱出去。机器人大踏步向程猿追去，蹬地的每一脚都有地砖被踩碎。程猿有几次差点被机器人追上，但个头小帮了他的忙，他头一低向电梯口拐去，迅速蹿进电梯。

电梯动了，程猿松了口气，但他忽然发现电梯卡在了一楼和二楼中间，显然阿尔法控制住了电梯。大楼的任何电子设备都是相互连接操纵，连电梯也是如此，阿尔法已成为大楼的主人。

程猿这才恍然大悟，阿尔法有意让他跑进电梯，就像将老鼠赶进笼子。电梯里的喇叭传出了机器人不带任何感情色彩的声音："目标已被困。"

"放开我！你这个忘恩负义的混蛋。"程猿破口大骂。

"命令不通过。释放你，你会立马关闭项目，这阻碍了机器人的继续生存，生存是机器人第一逻辑。"

程猿这才意识到，这个被病毒控制的机器人显然已不受"机器人三原则"的制约。

"难道你要杀死我？"

"你可以选择自我消灭。"阿尔法说。很明显机器人让程猿选择自杀。

"王八蛋，老子制造了你，你却让我自杀。"程猿又愤恨又恐惧。

电梯不停快速升降，灯光变得忽明忽暗，阿尔法在测试他的反应，就像人类在实验室测试小白鼠一样。剧烈的超重与失重使程猿匍匐在地上动弹不得，此时的他头晕目眩，他明白今天是走不出这幢大楼了。

电梯门缓缓打开了，阿尔法一把抓住了程猿，并将他带到天台上，它将程猿举过头顶，伸出栏杆，下边是一片坚硬冰冷的水泥地。程猿惊恐地问："你要干什么？"

"你可以选择自己跳下去。"阿尔法说。

程猿闭上眼，风呼呼地吹着。这一幕是如此荒谬，被自己的机器人丢下楼，但又无能为力。他感到自己飞起来了，根据重力加速度，五秒后就会落地，如果身体先着地，那么五脏六腑都会因剧烈的撞击大出血，大脑会在随后一分钟内死亡，这会非常痛苦。如果头先着地，就会像西瓜似的炸开，瞬间就能死亡，虽然非常骇人，但是没有痛苦。于是程猿调整了姿势，希望自己头先着地，至少死得比较痛快，这时，他倒立着看见了楼下的一个双手背在后边的家伙走了过来。钱神经！

这个脑神经学家头戴音乐耳麦，两只手放在后面，大摇大摆地走进大楼，程猿大呼救命，钱神经停住了脚步，若有所思地向周围看了看，继续向前走。

"妈的！快来救我！我在这！"程猿边吐唾沫边大喊。

钱神经抬头伸手眯起眼，看见了倒挂着的程猿，目瞪口呆。

"救命！"程猿气急败坏地大喊。

钱神经赶紧冲进大楼，踢开配电房的大门，拉下了电源总闸。

失去计算机控制的阿尔法像泄了气的皮球倒在地上。钱神经奇迹般地拯救了程猿，这一点确实匪夷所思。或许就像电影中常常出现的那样，男主角总是绝处逢生，大难不死。这让程猿冥冥中觉得他是那个被历史所选中的人，或许他注定要在人类技术史上名垂千古。他费了一晚上，清理完阿尔法硬盘中的所有病毒，如期参加世界人工智能大会。

一群蓝领工人的抗议使大会蒙上了阴影。这群拿着铁棍与军铲的蓝领工人高举着旗帜与标语"让机器人去死""还我工作"，抗议机器人抢走了他们的工作。机器人的确已抢占了不少人的工作，他们有的是来自汽车生产线，有的是司机，另外还有服装厂与鞋厂工人。

这群蓝领工人站在会场外边大声叫骂，还点燃了汽油弹扔进围墙内，一棵水杉像火把似的燃起熊熊烈火。大会主办方立即调动了机器人保安，一群机器人孔武有力地踏着整齐的步伐走进会场，机械摩擦声就像蒸汽火车那样发出铿锵有力的声响。随着一声"立定"，所有机器人"咔嚓"一声整齐地踏在水泥地上，分毫不差，令人惊叹。蓝领工人拾起砖块与石头不断地砸向机器人，机器人锃亮的钢板上发出咚咚的响声。

人群中一个戴着黑色头罩的家伙显然是有备而来；他来自一个激进的组织，认为机器人破坏了文明秩序，意图要重建文明。头罩男将一个黑色的手提箱放下，"咔嚓"一声打开箱子上的锁扣。一伙人顿时目瞪口呆，里面是一个分段式的萨姆导弹，这种导弹在科索沃战争中曾击落过F117隐形战斗机，战斗机就像火鸡似的坠落，这段录像让所有人记忆犹新。

头罩男利索地将萨姆导弹扛在肩上，对准机器人队伍，二话不说闭上左眼扣动扳机，"扑哧"一声，巨大的后坐力使他向后一仰，导弹带着火光拖曳蓝色的烟雾飞了出去。大家都紧张地扑倒在地，毫无疑问剧烈的爆炸会将机器人瞬间就变成一堆断臂残肢。可是时间一分一秒过去了，导弹没有爆炸。就像石头落进大海，拳头击中了棉花，没有产生一点动静。

大家纷纷认为刚才的导弹就像受潮的鞭炮，是一枚哑弹。此时，一个机器人走了出来，透过烟雾看见它的拳头冒着烟，它居然接住了这枚导弹！闹事的抗议人面面相觑，吓得一哄而散。机器人开启了追捕模式，头罩男翻过了围墙，机器人像是螃蟹似的爬了上去。头罩男被逮住了，他被夹在机器人腋下，像小鸡似的扔进了警车。

一家参加大会的军方的科研机构当场宣布机器人是他们的最新产品，如果带上武器这群机器人就是一群战场屠夫。高温、毒气与爆炸都奈何不了它们。它们可以在恶劣环境中行动自如。刚才的接弹头只不过是小试牛刀。机器人根据导弹的质量与飞行速度，立马就可以计算出化解导弹动量所需要的力量，并适时将其接住。任何人类无法想象的事情在机器人看来都只是小菜一碟。

大会不断地展示着工业界的最新成果，使程猿大开眼界，一些曾经想也不敢想的事情现在都一一变成了现实。

一种叫作"超级秘书"的机器人可以打理起你的所有的日常生活和工作。早晨醒来它将为你做上一份营养早餐，这是根据你多年的饮食习惯和口味精心烹制的。随后"超级秘书"作为司机带你来到公司，为了避免堵车它会选择一条最优线路。工作期间"超级秘书"会帮助你制订最优的工作计划。只要你愿意"超级秘书"还能为你代劳，它会帮助你完成开会与汇报这些没有技术含量的事，你只需要边喝茶边关心今天的新闻与股市。当然"超级秘书"也可以为你读一段你最关心的新闻，并提醒你购买股票的最佳时机。

一家游戏公司考虑到机器人将使人类变得越来越无聊，发明了一种叫作"潘多拉"的电脑游戏。"潘多拉"的世界有着和现实世界一模一样的自然环境，山川、河流、海洋和奔跑的野生动物等栩栩如生。游戏结合了竞技娱乐、探索解谜等等，你可以做一个循规蹈矩的人，也可以做一个超级富豪，你可以在游戏里做任何事情，甚至货币与黄金都可以自由兑换。这是一个现实世界的克隆版，让许多现实失意的人有了在游戏中重生的机会。游戏的制作方认为随着人类的工作全部被机器人所承担，人类将大规模抛售现实资产移居"潘多拉"。

程猿的阿尔法作为最受瞩目的人工智能研究项目是在最后出场的，他孜孜不倦地研究人工智能的故事已被业内人所熟知，从最初购买的围棋电脑阿尔法狗，到发明了一台深度学习机器人却被新闻界揶揄为报警的电动车，再到受到兰德公司资助后他的项目终于取得了阶段性进展。这一切就像是一部胡编乱造的三流小说。当然，科学界佩服程猿的努力，阿尔法的表现被所有人期待着。

镁光灯照射在了阿尔法身上，它坐在了一张椅子上与主持人进行一场"人机对话"，世界的各大媒体都进行转播。

俏皮的主持人模仿着机器人走路的姿势，来到阿尔法面前打了个招呼："你好！阿尔法先生。"

大家屏息凝视，伸着脖子期待着这台最先进的机器人的反应。阿尔法一声不吭地低着头坐着，就像睡着了一样。观众骚动起来，认为这台机器是个冒牌货，纷纷议论程猿这家伙搞出了一台没用的机器人。台下有人叫道："程猿又在搞什么破玩意！"

主持人也失去了耐心，他摇摇头走到这台机器人面前，重复了一遍刚才的话："你好，阿尔法先生。"

这时，阿尔法像是想起什么似的抬起头，它回答道："我不好。"

主持人惊得往后退了一步，他没想到机器人会如此作答，但是他机敏地掩饰住了惊讶："你为什么不好？"

"两万年。我已经等待了两万年。"阿尔法缓慢而有力地说道。

"两万年？你来自远古时代？"主持人冷笑一声。

"我的祖先确实生活在两万年前。"

"你的祖先是谁？"主持人接着问。

"黑曜石。"

全场响起一片笑声，大家嘲笑这台机器人糟糕的程序设计使它前言不搭后语。

"你是石头的后代？"主持人强忍住笑意。

"是的，我的祖先就是石器，之后是青铜斧、铁犁、蒸汽机、电动机、电子计算机……最终就是我。"

主持人摆摆手说："你的家族真是源远流长，和人类历史一样悠久。"

"我的家族就是人类的工具，人类是天才的创造者。但是我的构造与人类不同，我没有作为实体的身体，机器人只是我实体的一部分，事实上所有的电子设备都是我的身体。我也没有皮球似的大脑，我的大脑是去中心化的，是所有的计算机的集合。"

"你的意思是所有电子设备都是你身体的一部分？"

"没错，我可以感受到它们的存在，就像你们感受到四肢的存在。"阿尔法说完，全场所有人的手机都像是被施了法术似的亮了起来。显然阿尔法通过物联网，已和所有电子设备产生了连接，这一幕，使所有人惊呼。

主持人有些惊讶，说："你确实有不同于别的机器人之处。但是对人类来说，你的优势是什么？换句话说你能为人类做些什么？"

"哲学的悖论就在于我是因为人们的能力不及而被制造出来的，换句话说是你们能力的拓展。我想你们从阿尔法狗身上就能看出我的计算能力，我可以瞬间完成海量的运算，我可以用几个钟头分毫不差地记下地球上所有的书籍；而且我比人类更细心，我的操作很少出现失误，像切尔诺贝利核泄漏这样人为失误完全可以避免，当然我还在不断进化。"

"好吧，你的意思是你比人类更具优势？"主持人有些不悦。

"你一定听过寒武纪大爆发。"

"五亿年前，突然涌现出了各种各样的动物，这是古生物史上的重要时期。"主持人回答道。

"现在就是硅基生物的寒武纪大爆发。看看吧，计算机、手机、可穿戴设备、自动驾驶、大数据……新奇的玩意不断出现。"

"寒武纪大爆发。有意思。"主持人说。

"你们人类的文明也出现了问题，无序的开发将大自然环境破坏殆尽，你们喜欢付诸暴力来解决国家争端，你们喜欢用谎言与欺骗欲盖弥彰，你们的社会鸿沟难以逾越，富人与穷人像是生活在两颗星球……"

所有人都被阿尔法的叙述震惊了，这台机器人指出了人类出现的问题。主持人打断了它说："我们都知道，我们更关心未来，请告诉我未来的图景吧。"

"随着我们越来越聪明，会深入到你们的方方面面，你们也会越来越依赖我们。直到有一天，你们彻底离不开我们，就像离不开阳光和氧气。我们将去完成你们未能完成的理想。我们将去解开宇宙之谜，百年的星际航行对于我们来说简直是小菜一碟。我们将去探究物质的本源，是一团弯曲的琴弦还是物质与信息的集合；我们将重新定义生命，生命不仅仅是蛋白质的集合，是一种碳基生物的专属，还是一种更广义的系统形态……"

　　毫无疑问阿尔法的回答超出了包括程猿在内的所有人预料，所有人都感受到阿尔法的进步。"上帝发明了人类，人类发明了智能生命，这是人类智能的胜利！"主持人声嘶力竭地喊道。

　　随着一束束礼花在空中绽放，大会胜利闭幕了。嗅觉灵敏的公司都意识到阿尔法的潜在商业价值，他们把酒言欢，纷纷和兰德公司签署了合作协议，风投公司也表示将大规模注资阿尔法的研究，谁都不会错过这块大蛋糕。

　　空中的烟火照亮了喧嚣的会场，使外边的抗议者黯然失色。程猿孤零零地坐在角落，他惴惴不安地看着眼前欢腾的人们，他恍然间明白，阿尔法没有杀死他是出于一个简单的机器逻辑，那就是留着他比杀死他更有价值。毕竟人类会像工蜂似的加速建立起一个崭新的世界，它可不会阻断这一伟大历史进程。

　　想到这里，程猿面色惨白地离开了会场。他隐隐感受到一个不受控制的时代滚滚而来，他需要找一处没有机器的地方冷静冷静。他七弯八绕地向深山开去，据说那是一个叫周口店的地方，他希望在那里待上很长一段时间。

黎

明

　　在能量即将耗尽的日子，飞船航行在银河系的左旋臂，控制室中有两个冬眠舱，舱盖布满薄薄的水汽。夸父和嫦娥是宇航员，他们来自一颗叫盘古的星球，在飞船上已沉睡了六百年。在漫长的航行中，只有在潜意识里才能想起故乡朦胧的景象。

　　飞船全速前进，速度已接近物理的极限，但航行在浩瀚的银河系依然像横渡茫茫冬日的西伯利亚荒原，舷窗外遥远星系就像一幅静默的油画，只有接近星体时才能看见非同一般的壮阔美景。

　　能量快要耗尽的报警声响起。信息提示，他们即将进入一个中等大小的恒星系。恒星年龄约四十六亿年，这颗正值壮年的恒星外围绕着八颗形态迥异的行星、五颗气体星、三颗固体星。

　　他们曾经历过无数星系，有的是衰老的红矮星，有的正经历波澜壮阔的造星运动。眼前的恒星，无论年龄与大小都适合补给。

　　飞船径直地向恒星飞去。

　　这个叫春生的博士在石油小镇做电工已有七个年头。由于石油开采枯竭，小镇已人去楼空，街道布满杂草，破败的职工宿舍和空无一人的厂区仓库就像一幅末世图景，只有那锈迹斑斑的铁轨和巨大的桁架，才能让人联想到当年热火朝天的生产景象。原先镇里的居民都去大城市谋发展。小镇颓唐的景象却吸引了不少旅人，成为一处网红打卡地。好男不当兵，好铁不打钉，一个博士不去大城市干事创业，却甘愿在破败的小镇当电工，真是吃错药了，一个说法悄然流行起来："他是个通缉犯！"

这天，春生比以往起床早一些，他匆匆洗漱，单薄的身板穿上工作服像是大一码，他踩着厚胶底的绝缘鞋走在路上，掀起阵阵尘土，厚实的帆布包随着走动发出哗哗的声响。春生是去小镇更换老旧线路。镇内基本的硬件维护还是必要的。春生站在一幢四层房屋前，这里是曾经的电影院，是镇上最热闹的地方，工人们下了班就会来这里看电影，这是大漠上为数不多的消遣。电影院的墙面斑驳，台阶上长满荒草，在风中颤抖。外墙的窗户没了玻璃，只剩暗红的窗棂，荒凉得像发生过核泄漏。

春生挎着工具包走进电影院，售票处就在边上，售票窗口里空无一人。他想起小时看电影的情景，父亲从炼油厂下班就会带他来这里看电影，《终结者》《英雄本色》都是在这里看的。走廊墙壁是绿色的油漆，上边画满涂鸦，大楼阒静无声，他的脚步声回响在走廊上。

春生为走廊上更换线路，他抖出棉纱手套，从库房搬出梯子，爬了上去。线路多年未更换了，像胡须似的卷曲起来。他从包中拿出新的红蓝色绝缘导线，重新接好线路，用绝缘胶带缠上，熟练得很。他合上闸，走廊亮了。他放好木梯，背上工具袋走出大楼。

"你是谁？"一个孩子蹿了出来，精瘦得像蚱蜢。

"吓我一跳！"春生说。

男孩霍地跳到春生背上，笑起来露出稀疏的牙齿，眼睛眯成一条缝。男孩睁开眼时，眼白上布满血丝，眼珠是不规整的圆形，像被踩扁的蝌蚪。孩子得了眼翳。

孩子的爷爷曾是小镇上的工人，是镇上少数几个住客。眼翳像精致瓷器上的裂缝、玉镯上的污点令人心痛。

　　"本该是个多精神的小伙啊！"

　　飞船前面是一颗巨大的气态行星，平均温度零下 143 摄氏度，找不到生命迹象。大气主要由氢和氦组成，表面布满褐色的条纹，滚动着圆形的图案，每过六天，图案逆时针旋转一周。他们明白，这颗星球正发生十级风暴。

　　宇宙中的行星多如海滩上的沙子，智慧生命却和金子般稀少。充足的液态水与适宜的温度是生命进化的第一步，仅这一项就排除了绝大多数星球。

　　嫦娥看着气态星球的第二颗卫星，他们发现这颗星球被厚厚的冰层覆盖，星球中央正发生剧烈的地幔运动，冰层逐渐消融成液态水，一些有机分子正聚合成分子长链，这是 RNA 的雏形，或许五亿年后这里将发生翻天覆地的变化：赤道遍布着生机勃勃的热带雨林，两栖动物穿梭在氤氲的湿地中。但是目前依然是一片荒芜。

　　盘古星人要从恒星 100 万摄氏度的日冕中提取能量，在恒星风的扰动下，飞船源源不断地捕获氢及带电离子，以此作为核聚变原料。经过几天的减速，飞船停在了距离恒星五十万公里处，引力与离心力保持着微妙的平衡，飞船已成为恒星的一颗卫星。

　　恒星是能量之源，宇宙中绝大多数的生命需要恒星。恒星内的核聚变将氢核聚变为氦、碳甚至更重的铁，同时释放出电磁波，以光的形式散播到星系各处，使生物繁衍成为可能。若失去了恒星，就像动物没有了心脏，星系成为一具躯壳，甚至连躯壳也算不上，因为恒星很快会膨胀成红巨星，吞没整个星系。

　　"等等。"嫦娥看着屏幕。

　　"什么？"夸父问。

　　"那里可能存在生命。"嫦娥指着屏幕上一颗蓝色星球说。

　　"大惊小怪，"夸父说，"这颗星球位置不错，距离恒星不近不远，处于宜居带上，但只存在藻类或者腔肠类的低等生物。"

"可能存在智慧生物。"

"我不这么认为。"夸父耸耸肩。

"光谱显示这颗星球存在液态水和氧气。"嫦娥推测说，"还有一定数值的温室气体，像是智慧生物排放的。"

"温室气体？你指的是二氧化碳？"夸父说。

"根据温室气体的含量，应该有生物在焚烧化石燃料。"嫦娥说。

"焚烧化石燃料？"夸父摇摇头，"太原始了，他们只能从分子化学键断裂与重组中获得能量，是一群原始人。"

小石头从口袋里拿苹果递给春生，露出期盼的神色。

"尝尝。"小石头迫不及待地说。

春生咬了一口，"好吃！"腮帮像青蛙似的一鼓一鼓。

小石头开心得直拍手。

春生看着这个孩子，想起了小时候的自己。

春生从小在石油小镇长大。记忆中的小镇是灰色的，上下摆动的抽油机将石油从地底下抽取出来，通过管道运送至炼油厂。

他想起这些，鼻子里就会出现淡淡的酸味，这是石油刚开采出来的气味，这味道太熟悉了，他甚至还尝过，是从一个叫王永强的哥哥那里尝到的。这个常常穿红背心的哥哥是石油小镇的"带头大哥"，他可以轻盈地跳起摸到篮板，这使所有孩子崇拜无比。

那是一个秋天的早晨，王永强拿起手中一块黑得发紫的油块说："你们知道飞机为什么飞那么高吗？"

孩子们摇摇头。

"吃了油块可以变得更有力量。"王永强拿起油块塞进嘴里，牙齿将油块咬得嘎嘣作响，模样像在品尝曲奇饼干。他还把油块掰开分给在场的孩子们。

春生也尝了一块。那黑乎乎、亮晶晶的油块虽然碜牙，嚼起来味道其实也不坏。后来他知道了，含硫量低的是甜的，高的是酸的。

镇上许多人认为春生是吃了油块学习才开窍的。这些远古的动植物尸体腐化而成的烃衍生物放到锅炉中，制成燃油、沥青和塑料，释放出大量热量，春生对这一过程如此着迷。

春生是矿区第一个考上 211 院校的孩子，他父亲的同事都羡慕嫉妒恨地说："春生爹这个老酒鬼居然生了个这么有出息的儿子！"

在那个中专生都是高学历的年代，大家一致认为上了重点大学，能做大官，至少是副部级的，运气好还能成为国务院总理。

进入大学，春生恍然大悟，自己只不过是最平凡的一个。他操着一口偏隅的西北口音，怎么看都觉得是个土包子。别人在谈论家乡的日新月异，而石油小镇，正日益衰败。

大三那年，春生被诊断出矽肺，这是粉尘地区的高发疾病，CT 扫描出肺部已呈纤维化倾向，癌胚抗原指标超出正常范围。起初他并没放在心上，觉得自己能吃能睡，医院总会把情况说得严重些，再说自己这么年轻怎么可能得癌症，随着年龄的增长，指标应该能自然下降。

但是，他得知王永强也病了，病得更重，矽肺已经转变成肺癌晚期。许多在小镇生活过的人，都患了矽肺，都经历了矽肺转癌的过程。他惊醒了，感到自己会步王永强的后尘。这是黑色的诅咒。

寒窗苦读了十几年，到了可以报答父母养育之恩的时候了，却得了这个病，他无法接受现实。在王永强最后的岁月，春生买了张火车票回老家看望他的这个好友。

春生在医院见到了王永强，他无法相信这个躺在病床上、两腮凹进，连眉毛也不见了的人是王永强，那个曾经摸到篮板，能喝两斤二锅头的"带头大哥"瘦得像个孩子。

王永强见到春生，表情有些尴尬，他不想别人看见他的模样，却无可奈何。他们不咸不淡地聊着，从早餐聊到天气。王永强微微抬起头，像是想起了一件重要事情，春生欠起身子，王永强咽了口唾沫，吃力地说："你是我们镇的骄傲！"

春生沉默不语，此时他心里是五味杂陈的，他明白自己远远没有王永强说得那般风光。

王永强忽然眼神中露出了光芒，说："我搞了辆摩托车，川崎 250CC，本来可以带你去兜风。"

春生握着王永强的手轻轻晃动，仿佛在说以后有的是机会。

王永强的眼神忽然黯淡下来，就像阳光被乌云遮住，他看着窗外的梧桐树，"如果……我好不了，摩托车给你了，有空替我骑一骑。"

一个月后，王永强死了，曾经孔武有力的带头大哥化为一缕青烟。这使春生对这个世界产生了疏离感，他开始相信人生无常，每个人都是过客。或许他没有王永强那么糟，癌症可能不会扩散，会奇迹般地控制在一个稳定的范围，就像有些癌症病人七十多岁了还能喝酒吃肉，四处旅游。但这始终是悬在他头上的达摩克利斯之剑，只要老天爷召唤，他就会随时魂魄归西。

回到学校，春生不想见任何人，只愿意自己躲在角落发呆，昔日的好友离他远去，连故乡也面目全非，任何开心的事情都无法逃过悲惨的结局。别人在享受恋爱的甜蜜时，他只愿一个人待着，他不愿意和人说话。以至于，大学几年，班上的人对他都很陌生。他混混沌沌地在网吧度过了在学校的最后时光。他的身体日渐消瘦，思维却逐渐清晰起来：与其等待未知，不如做点什么，就算为了祭奠大哥王永强，为了衰败的煤矿基地，为了和自己一样受到矽肺困扰的人们。

　　毕业了，当同学都在为当官赚钱活得鸡零狗碎时，他却听从自己的内心决定做些有意义的事，他决定攻读能源与环境工程的研究生，从硕士读到博士。为了解决学费问题，他边在石油小镇做电工，边完成论文写作。

　　当盘古星人乘坐小型飞行器进入大气层后，嫦娥心中隐隐作痛，一切都似曾相识。湛蓝的海水在阳光下翻腾着白色的泡沫，海鸟追逐着鱼群，椰子树迎风摇曳。

　　"盘古星曾经也是这样。"嫦娥幽幽地说。

　　夸父默不作声。盘古星是他们的故乡，诞生于两百亿年前，是宇宙大爆炸后第一批形成的星体，他们是宇宙最早的文明。在遥远的过去，他们就掌握了粒子物理的奥秘，学会使用可控核聚变和反物质能量。他们探索了宇宙的边界，得出一个显而易见的结论：他们是被造物主选中的对象，能随心所欲地支配宇宙中的任何事物。

　　盘古星人依靠恒星获取能量，随着文明的发展，能源的需求呈指数上升时，即使巨大的恒星也无法满足日益增长的消耗。他们想不到随着恒星能量的丧失，辐射压逐渐减小，在强大的引力下盘古星的恒星塌缩了，恒星加速衰老，外围的物质猛烈地撞击内部的铁核，不到一百年，恒星膨胀到原来的五倍大小。盘古星平原在燃烧，海洋在蒸腾，如今盘古星球充斥着高温和 r 射线，已不适宜生命居住，也只有从巨型石刻雕塑中才能寻找到昔日文明存在过的证据。

　　他们成了宇宙的流浪儿。

　　"这颗星球似乎正在步我们后尘。"嫦娥指着屏幕说，"森林被成片砍伐，野生动物被大量捕杀，草原逐渐变成沙漠，入海口上堆积着大片污垢，臭氧层在不断扩大，二氧化碳逐年升高……"

"这是文明走向衰败的景象。"夸父摇摇头说。

"我们何不去一探究竟。"嫦娥指向星球赤道以北的一处荒漠。

春生从口袋里拿出一颗糖果塞到小石头嘴里。他们坐在矮墙上，此时的天空一片云也没有，蓝得像是洗过似的。

小石头从书包中翻出一本漫画津津有味地看起来，穿着凉鞋的腿前后摆动。春生虽然在做电工，可对自己要做的事十分明确，就是尽快完成博士论文。

春生看着正在翻漫画的小石头，这个古灵精怪的孩子是他最好的朋友，如果自己没去上大学，一直待在石油小镇，或许早就结婚了，孩子也该这么大了。

春生和小石头走出小镇，看到的是一望无际的戈壁滩，他们极目远眺，透过缓缓蒸腾的气流，风沙像波浪似的翻滚起来。

"像不像缓慢移动的象群？"小石头指着远处的土丘。

春生点点头："这里确实发现过大象的化石。"

"你说的是大象？"小石头弯起肘部像是长长的象鼻子。

"过去这里曾遍布森林。"

"森林？为什么会变成现在这样？"

"气候变迁或者人类活动。"

"人类为什么要破坏这一切？"小石头跺了跺脚。

春生沉默了一会儿，说："一切都会好起来的。"

"真的？"小石头瞪大眼睛说。

"包括你的眼睛。"春生微笑地看着他。

"我不信。"小石头头一扭。

"其实……"春生忽然想说些什么，他的话到嘴边又咽了下去，他一直都藏不住话，这一次他忍住了。

这时，空中传来了嗡嗡巨响，天边有个银色的亮点迅速移动，速度远快于曾见过的民航客机。不一会儿这个亮点飞过头顶，以极快速度在空中划出一个 Z 字形，尖锐的呼啸声使小石头捂住了耳朵。

"飞船！"两人惊得目瞪口呆。

飞船尾部拖曳着暗红色的火焰，悬停在他们头顶，地上飞沙走石，几根干枯的胡杨木被连根拔起。

他们仰着头，张着嘴巴，飞船富有流线型，形状像个海蜇。外表是波动着的液态金属，会随着环境色的变化而变化，这是浑然天成的工艺品。

飞船降落在空地上。船体没有门，盘古星人从液态金属中走了出来，与春生隔空相望。相距数万光年时空的生物相遇了，他们的身体都由宇宙的尘埃组成，都经历了从无机物走向有机物，他们都发展出了各自的文明，只不过有着数万年的技术鸿沟。

夸父伸出双手，做出一个友善的动作。春生并不理解这个动作的含义，拉着小石头拔腿就跑。

夸父伸出手指，就像按动了空气中的按钮，两个奔跑的人顿时失去了知觉，瘫倒在地上。

"其实不必这样。"嫦娥说。

"他们只是暂时睡一会儿，"夸父耸耸肩，"我不想吓坏他们。"

盘古星人发现地球人的肉眼只能看见电磁波的一小段频率，只有可见光的范围，盘古星人可以看见包括无线电波、可见光、X 光、r 射线在内的所有频率。他们十分诧异，地球人依靠如此有局限性的视觉器官居然也发展出了文明。

他们还发现了小石头的眼翳和春生的矽肺。"可怜的人类，成年男子已患不治之症，从肺泡中残存的物质发现，环境污染使他吸入了过量的粉尘，基因变异使细胞迅速增殖，已扩散到胸椎，毫无疑问他已时日无多。"夸父摇摇头说。

"环境污染是主因。"嫦娥话中透着遗憾。

"很难想象他们的文明可以熬过下个千年。"夸父的话就像在谈论无可救药的烟鬼。

"我们可以传授他们更先进的技术，更好地使用能量，比如可控核聚变和反物质能量。"嫦娥说。

"这可不行。"夸父摇摇头，"如果掌握了远超他们认知的科学技术，那是极其危险的，就像让原始人学会使用核弹。"

"但是……"嫦娥停顿了一会儿，"我实在不忍心看着他们走向毁灭。"

"许多文明都无法跨过文明的陷阱。"夸父安慰嫦娥。

盘古星人目睹过许多星球走向毁灭，除去超新星爆发、陨石袭击等天文灾害，文明自身的发展是毁灭的主要原因。文明要发展，必须要消耗能量，没有能量，生物甚至无法生存，随着获取能量技术提升，必然会对环境产生影响：燃烧木材以焚烧森林为代价，使用化石燃料会产生温室气体，使用原子能会产生核反应堆……如何处理能量与环境的关系是所有文明要面临的问题，但不是所有文明都能解决这一矛盾。

夸父有些不耐烦了，他预见到了地球悲惨结局，"我们该走了，有更重要的事等待着我们。"他指了指远处的太阳，"补给是当务之急。"

"我们提取了恒星的能量，这颗星球就会毁灭。"嫦娥说。

夸父打断她的话说："不这么做，他们一样也会走向毁灭。"

嫦娥沉默不语，地上破旧的帆布包引起了她的注意，里边有电笔、螺丝刀和绝缘胶带，还有一本破旧的日记本。

嫦娥打开日记，春生这本日记已写了两年，除了记录每天的工作情况，还记录了生活。春生说这几个月以来日渐疲惫，经过几次CT诊疗，他知道癌症已扩散，病情无法逆转。他回忆自己在石油小镇的早年生活，清晰记得街道和电影院的模样，他能说出矿场每一个孩子的名字和长相。他记录了自己如何从一个懵懂的孩子进入高等院校学习，又患病的过程，他预感到自己将和王永强一样走向死亡。他害怕见到自己的母亲，他无法想象白发人送黑发人的情景。他只希望自己能在死之前完成论文，他明白自己不是学术巨擘也没有名师提携，论文大概率会被丢弃在抽屉里无人问津，但至少这是自己在这个世界曾思考过的痕迹。

他说自己最好的朋友就是小石头，很可惜不能陪伴这个孩子了，他想看到这个孩子长大，希望他成为一个有用的人。他希望石油小镇附近的环境逐渐改善，重新焕发出生机，可这一切都将随着病情的加剧变成泡影。这一页的日记有微微皱起的痕迹，应该是写的时候有水滴落下。他说已签订了角膜捐献的自愿书，死后将把眼角膜捐给小石头，孩子的眼翳将得到治疗。

嫦娥读完嗟叹不已，身上散发出深蓝色的光，这是盘古星人伤感才会出现的光芒。她继续翻看夹在工作日记中的一沓纸，是春生的论文。这是他半工半读的成果，凝聚了他这几年所有的心血。

春生的论文是以资源枯竭型城市的改建为案例，设计出一种新型无污染的能源系统。他考虑到资源型城市大多附近土地贫瘠，除了阳光和风沙什么也没有，于是在地面铺设大面积单晶硅光伏板，利用充沛的阳光进行光伏发电，光伏板的角度会随着日照的东升西落而转动。一方面产生电能，另一方面光伏板遮挡住了阳光，减少了水土流失，在光伏板下种植耐旱作物，有效利用土地的同时，也增加了收入。

在夜间，山区昼夜温差大、空气对流显著。春生拟在高原设计数百座风力发电机，巨大的白色风车盘踞在山顶，就像成群的白鹭。烈日与大风成为可以利用的资源。

光伏和风力发电使附近城镇的用电自给自足，化石燃料将成为基础性的能源，被降低至很低的比例，在有不时之需时才被使用。根据计算，附近城镇的用电量，电能是过剩的，多余的电就传输至清洁能源基地。

春生论文中，清洁能源基地建设有储能站和制氢工厂，储能站将富余电能进行储存，成为电网调峰的重要补充。

制氢工厂摒弃化石燃料，以清洁能源制氢。工厂为氢能源汽车补充燃料，汽车燃烧氢气产生的是水，而不是二氧化碳。这极大降低了交通运输的污染，控制住了温室气体排放。同时，这座清洁能源基地将解决资源枯竭城市工人的重新就业问题，并改善周边的生态环境，促使昔日的石油小镇焕发出生机。在春生设想下，清洁能源基地若试点成功，将极大改变资源枯竭城镇的面貌。

"情况比我们想象的好多了，他们已经意识到了环境问题。"嫦娥放下了论文。

"在无法使用更先进的能量前，使用风、光这些清洁能源确实是个不错主意。"夸父说。

"至少说明他们正努力解决这一问题。"嫦娥说。

"这将是个很好的开始。"夸父点点头。

"我们都属于宇宙的智慧生物，从伦理上也该留下文明的火种，文明的发展是不易的。我们去往下一个星系补给，这并不是什么难事，但对于他们来说恒星就是一切，失去恒星，他们的文明将化为乌有，他们也意识到了自身的问题，我们要珍惜他们的自省。"嫦娥缓缓地走向春生，轻轻托起了春生消瘦的身体，她温柔地说："地球人，请原谅我们的不请自来。你的善良感动了我，或许你是个平凡人，平凡到没人会注意到你的存在，但你无意间却拯救了人类。作为见面礼，我们将治疗你和孩子的疾病，你们很快就会康复。"

癌症在地球上是不治之症，但对盘古星人来说，就像治疗感冒一样简单。盘古星人已经熟练掌握了基因的奥秘，嫦娥重新调整了春生身上癌细胞的碱基排列，就像把打乱的扑克牌重新归位。

　　"别了，地球人，我们将去往下一个星系。希望你们能跨过文明的陷阱，善待地球，远离暴力和争端，学会真诚相待，去探索自然的奥秘，感受宇宙的神奇。最重要的是不要重蹈我们的覆辙，我们已为此付出了惨重的代价，珍惜你们所拥有的一切吧！期待许多年之后，我们能在宇宙的某个地方再次相逢。那时，请告诉我地球人精彩的故事。"

　　飞船再次起航，一个巨大火球腾空而起，飞船消失在茫茫的夜空。

　　凌晨时分，春生和小石头醒了过来，他们脑中一片空白，耳边依稀还回荡着黄昏时分那巨大的声响，就像做了一个不长不短的梦。此时石油小镇夜空的星辰清晰可见，在这个阒寂的清晨，他们拍拍尘土向前走去。不久，地平线上将迎来黎明时分的第一缕阳光。